空を見てますか…♪ 13

歴史と思索のハーモニー

池辺晋一郎

新日本出版社

はじめに

週刊の「うたごえ新聞」に「空を見てますか」と題してエッセイを連載しはじめたのは一九九三年秋。本書は、その連載の第一〇八四回から第一一七三回、すなわち二〇一八年一月一・八日号から二〇一九年一二月二三日号までの二年分を収録している。

このエッセイの話題は多種多様だが、僕の立ち位置は、常に音楽家——というより作曲家としてのそれだと自認している。だが、そうであっても、あるいはそうであるからこそ、周囲のあらゆる事象、換言すれば世界の社会情勢に関わらざるをえなかった。いったい、音楽と社会情勢は関わるのだろうか。

作曲家はかつて被雇用者だった。J・S・バッハ（一六八五〜一七五〇年）は宮廷楽団の楽長、のちには教会附属学校カントル（音楽監督）として、ヘンデル（一六八五〜一七五九年）は王室の作曲家として、J・ハイドン（一七三二〜一八〇九年）は侯爵家の楽長として仕事をした。モーツァルト（一七五六〜九一年）は教会や宮廷と関わったものの、結局はフリーの音楽家として活動した。ベートーヴェン（一七七〇～一八二七年）も貴族の後援を受けたりはしたが、生涯定職にはつかなかった。作曲が、次第に「個」の営為になっていくプロセスを、ここに見ることができる。これは、貴族社会が次第に崩壊へ向かい、ついにはフランス革命（一七八九年）に至る道程と軌を一にしている、といって過言でないだろう。

時を経て、音楽史に「一二音技法」というものが現れたのは二〇世紀初め。シェーンベルク（一八七四～一九五一年）がこの技法の完成を宣言したのは一九二一年だ。詳細な解説は避けるが、要するに、それまでの音楽語法が核になる一つの音とそれを取り巻く残り六つの音、さらにその周囲の五つの音による「調」という概念で構成されていたのに対し、一オクターヴの一二の音はすべて平等、という理論である。

いっぽう、社会主義・共産主義思想はマルクス（一八一八～八三年）とエンゲルス（一八二〇～九五年）によって科学的な到達を遂げる。生産手段の社会による所有、そして労働に基礎を置く公正な社会を目指すこの理論は、すべての人々が平等であることを謳《うた》っている。この考えかたによる国家の樹立は、もちろんロシア革命（一九一七年）を経てのソビエト連邦であるわけだが、これは前記「一二音技法」の出現と、時代的にほぼ重なっている。
この「一二音技法」は、その後「セリエル・ミュージック」などさまざまな、いわば「追補」が加えられ、二〇世紀音楽の潮流の中心的役割を担ったが、やがてその務めを終える。それは、ほぼ一九八〇年代から九〇年にかけてである。他方、ソビエト連邦の崩壊は一九九一年だ。

皆さん、どう思いますか?

音楽と社会情勢が関わってきたことは、もはや明々白々と言わなければならない。であれば、一人の作曲家である僕の思いが、社会情勢に関わる発言として吐露されることは、ごく自然な成り行きといって差し支えないだろう。まして僕は、「世界平和アピール七人委員会」メンバーの一人である。自然な成り行きどころか、言わなくてはならないことがある、と考えなくてはならないのである。

作曲家を志したころのことを思い出す。あれは高校二年か三年生のころだ。友とともに、誰の紹介だったか忘れたが作曲家の原博さん(一九三三〜二〇〇二年)を訪ねた。東京藝大とフランスで学び、きわめてオーソドックスというか古典的な作風を貫いたかただ。「作曲家になるにはどうすればいいですか」とお尋ねした(今考えれば何とアホな質問……)。

「自分は作曲家です、と言えばいいのです」と原さん。

そりゃそうだ。免許が、また国家試験による資格が必要なわけではない。ところが、この簡単な当たり前のことが、実は本当にむずかしいということを、半世紀を超える作曲家としての仕事を通じて、僕は痛いほど感じてきたのである。それは「真の作曲家になるにはどうすればいいですか」と日々自問しつづけてきたということにほかならない。

その日々の問いと答えの試みが本書だと、僕は今、思っている。

連載中は「うたごえ新聞」編集長・三輪純永さんに、そして今回の上梓に関してはこれまで同様、新日本出版社・角田真己さんに、たくさんお世話になった。ここに、感謝を特記しておきたい。

二〇二一年一〇月

著者

目次

核なき平和のために

アメリカでクリントン大統領時代に国防長官を務めたのは、ウィリアム・ペリーという人。『核なき世界を求めて』（春原剛訳・日本経済新聞出版社）という書名で自伝を書いた。長官に就任した時すでに、「核の全廃に一歩でも近づけるよう努力をする」と語ったそうだ。広島を訪れたのは離任後だが、核兵器を二度と地球上で使ってはならないという確信はいっそう強くなったという。

このウィリアムが、一八五三（嘉永六）年に来航した「黒船」を率いた提督ペリーの五代あとの子孫だというから、驚くではないか。仔細《しさい》を言えば、五世代前の伯父がペリー提督なのだそうだ。九〇歳を過ぎたウィリアムは、今も「核なき世界」を求めて歩みつづけている。たとえ小さくても、確かな一歩を踏み出さなければ永遠にゴールに到達することはできない、と……。

残念ながら僕は、その『核なき世界を求めて』をまだ読んでいない。前記のもろもろは、少し前（二〇一七年一一月一九日）の朝日新聞読書欄で接した長崎大学核兵器廃絶研究センター（ＲＥＣＮＡ）教授・吉田文彦氏の論説によるものである。


周知のように、今年のノーベル平和賞が国際ＮＧＯ「ＩＣＡＮ」に贈られた。これは、現下の世界の状況に鑑《かんが》みて、きわめて大きくかつ効果的な贈賞だと思う。授賞式でのサーロー節子さんの演説も感動的だった。一三歳の時、広島で被爆し、のちカナダへ渡ったかたである。サーローさんは、スピーチを「核の恐怖という暗い夜から抜け出しましょう。私たちは進みつづけ、光を分かち合います」と結んだ。

「ノーベル賞は、世界を分断している壁を越えてものを考えられるよう助けてくれ、人間としてともに闘わなければならないことは何かを思い出させてくれる」――文学賞受賞のカズオ・イシグロさんの受賞の弁の一節。一九五四年つまり戦後だが、長崎生まれ。「被爆の跡」を熟知している人の言葉である。

いっぽうで、元大阪府知事・元大阪市長の橋下徹氏は言う——核兵器が廃絶されても戦争が起きないという確証が必要だ。すなわち「核の抑止」は重要という論。大国・強国による戦争が起きていない現下の情勢は核兵器を具有する大国・強国間で「抑止」が働いているからであり、それが消滅した時、逆に戦争が起こる可能性は否定できない。従って「核廃絶」はむしろ避けるべき、というわけだ。

しかし、核軍縮研究者ウォード・ウィルソン氏はその著書『核兵器をめぐる五つの神話』（黒澤満日本語版監修、広瀬訓監訳・法律文化社刊）の中で核抑止の効果に疑問を呈している。大戦への反省、戦後の経済的相互依存の進展、同盟関係の強化、条約や国際機関の発展なども、戦争防止に貢献してきた、と。

人間が本当に賢い動物なのであれば、核なき世界における平和について、今から周到な検討をするはずだ。受賞を機に「ＩＣＡＮ」の役割はそこまで広がった、と思いたい。人間は賢いと、僕は信じていたいし……。

（二〇一八年一月一・八日号）

今年の風は……

先日、静岡県焼津市の大井川文化会館「ミュージコ」という所へ行った。「N響団友オーケストラ」のコンサートで、僕が指揮だったのだが、その話ではない。猛烈に風が強い日だったという話である。楽譜や衣装の入ったカバンを持って楽屋入りする時、風で倒れそうになった。

これ、実は子どものころから思っているのだが、「強風」＝「風の速さ」って変だと思わない？　速くても軽くて爽やかな風とか、遅いが重くて強い風ってのが、なぜないんだろう……。風は空気の流れだ。空気はもっと多様な顔を持っていてもいいんじゃない？

ところが、風は空気がなくても存在するのである。宇宙には空気がない。しかし、風はある。太陽が放出するものすごい量のプラズマが風のように流れている。いわゆる「太陽風」だ。プラズマは高温のガス。細かく言えば「原子核と電子が電離した状態のこと」だという（さっぱりわからないが）。

雨が、あがって、風が吹く。雲が、流れる、月かくす。みなさん、今夜は、春の宵。なまあったかい、風が吹く。――中原中也「春宵感懐」という詩の冒頭。

汚れつちまつた悲しみに　今日も風さへ吹きすぎる――これも中也。「汚れつちまつた悲しみに……」の一節。

夢はいつもかへつて行った　山の麓のさびしい村に　水引草に風が立ち　草ひばりのうたひやまない　しづまりかへつた午さがりの林道を――立原道造「のちのおもひに」の冒頭。

おまへのことでいつぱいだった西風よ――これも道造。「或る風に寄せて」一行め。

風と詩は仲がいい。古今の詩に、風は常連のごとく登場してきた。であれば当然、音楽とも仲がいい。歌うことは風だし、管楽器は木管だろうが金管だろうが「息」という人間が吐き出す風によって鳴る。オルガンもアコーディオンも、風がつくる音だ。

しかし、風は気候上の、そのものズバリの風を指すとは限らない。「あしたはあしたの風が吹く」という時、これは僕たちの日々の営みに関しての言葉になる、きょうは北西の風だったが明日は南風になるだろう、ということではない。「風向きが悪い」も、具体的に風が吹いてくる方向について言うわけではなく、人の機嫌やその場の形勢の話である場合が多い。ことほどさように、風という言葉は広い意味で用いられるのである。

さあ、今年はどんな風が吹くだろうか。懸念されるのは、「平和」から「平和」へ吹いている風の、吹き始め地点はおろか、その方向性まで変えようとする別な風の存在である。海岸の防風林の樹々は、いっせいに海に背を向け、内陸の方向へ傾くが、倒れない。折れない。見事にしなっていて、それはむしろ、強い。変な風、暴力的な風に対しての防風林になりたい。一本ずつは細くても、林になれば、いっせいにしなうことができるのだ。

（二〇一八年一月一五日号）

「戦略」に要注意

改憲を許さないという私たちの運動は、今年（二〇一七年）が正念場である。安倍政権は、二〇二〇年の東京オリンピック・パラリンピックまでに改憲を施行するつもり、と言明した。一九年には天皇が退位し、元号が改められる。こういう時にドサクサに紛れてやってしまおう。いっぽうでは、「飴」も用意しよう。「教育の無償化」という飴。このあたりのやりかたは、この政権のいつもの手口。このようなプランを背景として、今年が鍵になるわけである。

ところで、安倍政権が目論む改憲のねらいが何か、もちろん皆さん知っていますよね。ねらいは第九条だ。しかし、正面切った改変ではない。第一項、第二項をそのままにし、自衛隊を持つという内容の三項を追加しようというもの。改憲ではない、「加憲」です、と言っている。

これは大きな矛盾だ。戦争を解決する手段としての戦争を放棄する、と第一項でうたい、陸海空軍その他の戦力はこれを保持しない、と第二項で宣言しているではないか。にもかかわらず自衛隊の保有を明記するのは、誰が考えても、おかしい。それを百も承知の安倍政権は、自衛隊は軍隊ではない、第二項が禁止している「戦力」ではない、もし日本が侵略されたら国民の命と国土を守る必要最小限の「自衛のための実力」だ、と喧伝《けんでん》する。

この第三項が実現したら、戦後日本が保ち、世界を牽引《けんいん》してきた真の国力＝憲法が政府に対し武力によらない平和を義務づける、という力が消失してしまう。しかも「戦争法」で、自衛隊は海外での武力行使ができるようになっている。第一、二項の条文は、完全に死文化してしまうのである。

このような姑息《こそく》な手段を取るのは、民意を恐れるからだ。かつての安保闘争などと異なり、今の野党と市民の共闘は全国に広がっている。市民団体「九条の会」は一〇〇〇か所以上で組織され、九条を守る運動をしている。しかもこれは、「戦争法」が強行採決されたあとも収縮していない。「戦争法廃止」の声は、さらに盛り上がっている。これは現政権にとって大変な脅威であるはず。現在、衆参両院では改憲派が三分の二を占めているが、これを維持するのは簡単ではない。全国での声の盛り上がりを想うと、次の選挙では負けるかもしれない。であれば急がなくては……。今年の通常国会で提案・発議し、来年秋、国民投票を実施しよう。これが、安倍政権の現下の戦略である。

戦略……？　イヤな言葉だ。かつて僕は、文化庁の「文化発信戦略に関する懇談会」という会議の委員を務めていたが、たしかその第一回の席上、文化に関して戦略という言葉を用いるのは変だと思う、と発言し、他の委員に怪訝《けげん》な顔をされたことがあった。たしかに「営業戦略」「広告戦略」などと、ふつうに言う。しかし原義は、戦争を全局的に運用するための作戦計画を指す言葉だ。

今年僕たちは、ドサクサにまぎれることなく、安倍政権の手口＝戦略に十二分に気をつけなければいけない。

（二〇一八年一月二九日号）

音楽史と世界情勢

フランス革命は、一七八九年に起きた。「火縄くすぶるバスチーユ」と覚えた学生時代を思い出す。さて、その年、一七五六年生まれのモーツァルトは三〇代はじめ（といっても亡くなる二年前）、オペラ「コジ・ファン・トゥッテ」を書いていた。女帝マリア・テレジアの前でピアノを弾いたあと。ころんだ幼いモーツァルトを助け起こしてくれたのは女帝の娘マリー・アントワネットだった。マリーはフランスのルイ一六世へ嫁いでいる。革命の報に、モーツァルトは同い年の幼なじみを心配しただろう（マリーがギロチンの露と消えるのは一七九三年で、モーツァルトの死後だが）。

一七七〇年生まれのベートーヴェンは一〇代末期。作曲家として、羽ばたきかけのころだ。

「交響曲第一番」が生まれるのは一〇年あとである。

それはさておき、革命で貴族社会が崩壊し、そのあとにやってきたのは市民の時代だった。君主制ではなく、政治体制は「共和制」になる。音楽では、古典的な形式感からはなれ、自由な発想の「交響詩」「ファンタジア」(幻想曲)などが盛んに書かれるようになる。前の世紀まで音楽を支配していた「調性」まで、崩壊の兆し。「無調」が台頭する。

古典の「調性」は、たとえばハ長調ならば「ハ(ド)」が太陽で、「レミファソラシ」と七つの惑星が太陽のまわりにあり、各音に♯や♭をつけた衛星がくっつく。それが「無調」では、オクターヴ内の一二の音は平等で、ヒエラルキーはない。いうならば「アナーキズム(無政府主義)」だ。だが、実際には、無調はむずかしい。ある箇所で偶発的にどの音かが一時的な中心音になってしまう。

そこで、組織的に無調をつくる理論が現れた。「一二音主義」である。すべての音は平等。一度現れた音は、そのあと残り一一の音が登場し終わるまで、再び現れない。もちろんこれは原理で、実践には複雑な操作が必要だが、しかしシェーンベルク(一八七四〜一九五一年)たちが考え出したこの理論は、その後、世界の現代音楽界を牽引《けんいん》する。社会主義またマルクス主義の出現を想起させるではないか。

二〇世紀は「一二音音楽」から出発した「セリエル・ミュージック」など数学的な作曲法がある種の枷《かせ》になって進んだ。政治体制や独裁者という枷が存在したのと似ている。音楽は一九六〇年代の「前衛の嵐」を通過。八〇年代末あたりから、それまでの枷が廃れ始める。考えてみれば、これは、ベルリンの壁崩壊すなわち東西冷戦時代の終焉《しゅうえん》、そして「アラブの春」に代表される民主化運動と、ほぼ重なる。

その後の音楽は、行き先を見失った。混沌《こんとん》としている。これも、現下の世界の情勢と同じ。音楽の変遷と思想や社会の推移は、肩を並べて歩いてきた。不思議だが、当たり前なのかもしれない。とにかく、これからの音楽を考えれば、それはこれからの世界の歩みかたを予測してみることに重なる。う〜む……。頭かかえちゃうなぁ……。

（二〇一八年二月五日号）

何度でも……憲法について

『週刊金曜日』のこの一月一九日号（一一六八号）の、保坂正康氏と鎌田慧氏の対談を、皆さんにぜひご紹介したい。保坂氏は一九三九年生まれのノン・フィクション作家、鎌田氏は一九三八年生まれのルポ・ライターである。お二人の話は実にすばらしい。ひと言ごとに、そうそうとうなずきながら読んだし、これまで僕がこの欄で語ってきたことに重なることも多々ある。

北朝鮮のミサイル発射実験などに関して、日本政府やマスコミがいたずらに恐怖を煽《あお》っているという話から始まる。そのあと、お二人の話は、戦前の軍国政権下の状況に波及する。年を追って軍事費がいかに増大していったか――国家予算の一般会計に占める軍事費の比率が、一九三三（昭和八）年では三九・一パーセントだった。これでも高いが、三八年には七七パーセント、四四年には八五・三パーセントまでふくれあがった。さらに、一般財政とは別に「臨時軍事費特別会計」というものがあり、三八、三九年あたりまでは一般会計より少なかったが、四四、四五年には一般会計を凌駕《りょうが》したという。

しかも、軍事費要求については、概要しか公表されなかった。帝国議会などで細かな用途などについて質問があると、統帥権干犯《かんぱん》だ！　と一喝された。統帥権とは、当時の帝国憲法第一一条に定められた天皇の大権である。早い話が、軍は国家予算を超える「領収書の要らない金」を好き勝手に使った、ということ。

しかし現在――。昨年暮れに閣議決定された二〇一八年度防衛予算は、約五兆一九〇〇億円！　過去最大である。前年度より約六六〇億円増えている。膨大な金をアメリカに支払う。Ｆ35ステルス戦闘機六機に七八五億円、改良型迎撃ミサイルに四四〇億円、オスプレイ四機に三九三億円、陸上配備型イージスシステム「イージス・アショア」二基に二〇〇〇億円……。

お二人の話は、沖縄の抵抗に対する政府の公然たる弾圧、たとえば高江の基地建設反対運動で逮捕された山城博治議長が五か月間も不当に長期拘留されたこと、そして「沖縄の一つの新聞は潰さなければいけない」という暴力的な百田尚樹発言へも及ぶ。
ラスト部分は、現行日本憲法の話だ。「みっともない憲法」と言った安倍首相を糾弾する。新憲法ができた時、かつて満州事変の火付け役だった石原莞爾《かんじ》（一八八九〜一九四九年）は九条に賛成。「世界に冠たる道義的国家を作ろうじゃないか」と言った由。そして鎌田氏は「世界最先端の憲法とするプライドが必要」、保坂氏は「人類史の先取りをしている憲法という自覚を持とう」と結んだ。

以上、ぜひ多くの人に伝えたくて、ほとんど引用の稿となりました。前述のように、お二人の発言は多くの人たちの思いと、そしてもちろん、僕の主張と同じだ。ただ、音楽家である僕などに比し、憲法のみならず政治に詳しいかたの発言は、重い。この主張を、どんどん広げていかなければいけない。音楽は、その部分で関われるかな、と思うのである。

（二〇一八年二月一〇・一一日号）

なぜ、罪に？

本を読むことが大好きだった子ども時代（もちろん、今も同じだが）、惹かれて繰り返し読んだ何冊かの中にヴィクトル・ユゴーの「ああ無情」があった。つまり「レ・ミゼラブル」である。主人公ジャン・バルジャンの苦悩に満ちた波乱の生涯に、子どもなりに感動したことは、今も忘れられない。

そんな僕の幼時とは一九五〇年代はじめあたりだったわけだが、そのおよそ一〇年前に話を移そう。北海道釧路市の尋常小学校に、ジャン・バルジャンの紙芝居を楽しむ子どもたちがいた。紙芝居を作り、まるで講談師のように読み聞かせてくれたのは、坂本亮先生。坂本先生の綴方《つづりかた》の授業も楽しかった。みな、作文や詩を自由に書いた。貧しい家の子どもばかりだったが、男女五五人のこの五年生のクラスを、坂本先生は「ひなた学級」と名づけた。先生作詞作曲の「ひなたの教室の歌」を、みなで歌った。教室はいつも活気に満ちていて、みな坂本先生を大好きで、「先生はジャン・バルジャンみたいだ」と、みな、そう思った。

「母」という作文がある——正月におがっちゃんが「お前にはズボンしか買ってやれぬ」と言った。おれは「いらね」と思った。服は破れているのをついで着るのだ。つぎはぎばかりの服をおれは着た。（後略）

一九四〇年一一月二一日、学校と坂本さん宅へ突然現れた特高（特別高等警察）が、坂本さんを連行。子どもたちに生活や思いをありのままに書かせる綴方教育は「資本主義社会の矛盾を認識せしめ、階級意識を醸成し、子どもたちを資本主義社会変革や共産主義社会建設に志向させた」。ジャン・バルジャンの紙芝居は「弱者は弱者どうし助け合うことでのみ幸福になれることを示している」。よって「治安維持法を適用すべき犯罪として公判に付するべき嫌疑あり」。

いいがかりとしか言いようのない「嫌疑」だ。たとえば、犬殺しに殺された犬がかわいそう、と書いた「犬」という作文は、弱者への同情心を養うためで、やがてそれが階級闘争心になる。とか、補充教材として「とび」「からす」の二篇の詩を用いた折、上欄に「とび」、下欄に「からす」としたのは強者と弱者を巧妙に対照させたもの。とか……。

シラミだらけの獄中。拘禁生活は長く、取り調べはなかなかおこなわれない。くたくたで、自暴自棄と諦念でほとんど無意識の自白に至るのを特高は待つのだが、拷問は毎日だ。「北海道綴方教育連盟」のもとで誠実に教壇に立っていた教師が、五〇人以上連行された。一九二五(大正一四)年の制定時には「一方的に犯罪行為を認定して取り締まるというようなことはありえない」とされた治安維持法は、戦時下でどんどん拡大解釈され、暴力化していったのである。以上、『獄中メモは問う~作文教育が罪にされた時代』(佐竹直子著・道新選書)による。

さて、ここで現下の状況。前記の話と重ね合わせて、皆さん、どう感じますか?

(二〇一八年二月一九日号)

「核態勢見直し」について

この二月二日（日本時間三日）、アメリカ・トランプ大統領は「ＮＰＲ」（核態勢見直し）を発表した。新型の小型核兵器と核巡航ミサイルを導入し、非核・通常兵器による攻撃に対し核兵器で反撃する可能性も含ませている。前大統領オバマが目指した「核なき世界」を完全に否定しただけでなく、核戦争の脅威を拡大させたことは間違いない。小型核兵器は爆発力こそ小さいと言っているが、ＴＮＴ火薬に換算すれば、広島に落とされた原爆の数十倍だ。局地的な攻撃に適しており、アメリカはこれを潜水艦発射弾道ミサイル（ＳＬＢＭ）に搭載し、機動性の高い攻撃を計画している。

ところが今回のＮＰＲには「世界から核・生物・化学兵器を撤廃するという最終目標に向かって、アメリカは引き続き努力する」というコメントが付せられている。矛盾もはなはだしい。核兵器廃絶国際キャンペーン（ＩＣＡＮ）がノーベル平和賞を受賞し、世界に反核の気運が高まっている時、流れに逆行する愚挙というほかはない。

それなのに……。

まさにそれなのに、日本の河野太郎外相は直ちに「ＮＰＲを高く評価する」という談話を発表。唯一の核被爆国の言うことか！　アメリカのやることなら何でも認めてしまう（ＴＰＰという例外はあるにしろ……）だらしなさ。

北朝鮮の核や中国の軍備拡大など近隣の脅威について声高に叫び、それゆえにアメリカの核の傘が必要ということにしてしまう短絡。

その先に何があるか。今回のＮＰＲを受け、それならば自国の核兵器も増強しようと考える国があって不思議はない。すでにロシアは、その方向を打ち出している。すなわちアメリカは、核戦争一歩前を誘発したことになるではないか。「核抑止」の瀬戸際。冷戦時代の復活にもなりかねない。

このＮＰＲと河野談話について、僕もメンバーの一人である「世界平和アピール七人委員会」は、抗議のアピール文を発表した。

だが、日本の現政権が目論んでいる改憲も、この問題と相似形だと僕は思う。自衛隊を憲法に明記し、その機能を強化させることは、今回のNPRと同様、一種の「脅し」である。それゆえに、近隣を含む諸国は日本に対し警戒を強めることになるだろう。いわば「軍抑止」である。

改憲といえば……話がちょっとずれるが、「国民投票でたとえ否決されても、自衛隊の合憲性は変わらない」と、安倍首相は言った。ひどい言明だ。国民投票の意味、そして価値をバカにしている。さらに言えば、主権が国民にあるという大前提さえ忘れている。いや、忘れているのではなく、自分が首相であれば何でもできるという傲慢《ごうまん》だ。

後世の人間は、今の私たちの時代を、何と愚かな時代だったか……と言うだろう。いや、「後世」があれば、の話だ、これは。ホーキング博士の論を先日お話ししたが（第一二巻四一二ページ、「チバニアン　その2」）、この星はあと一〇〇年ももたないのかもしれない……。

（二〇一八年二月二六日号）

コンビニ

このところ、やや深刻な話題がつづいたので、この辺で卑近な話をしよう。無縁という人はまずいないであろうコンビニについて。

山田太一さんの書き下ろしドラマ「深夜にようこそ」（TBS・四回連続）の音楽を担当したことがある。一九八六年だった。街中のコンビニが当たり前の存在になりかけたころだ。二四時間開いている店なんて、かつてはなかった。夜中に、さまざまな客がコンビニを訪れる。それぞれの人が背負っているそれぞれの事情に、コンビニで働く若者が関わらざるをえなくなり、多様な人間模様が描かれていくというドラマだった。

日本で、僕の子ども時代には、どの町にも「万屋《よろずや》」という店があって、いろいろなものを扱っていた。百貨店の百倍だ、などと言っていたっけ。この万屋が、コンビニに取って代わったわけである。

「コンビニ」は、もちろん「コンヴィニエンス・ストア convenience（便利、便宜）store」の略。もはや「コンビニ」がひとつの単語として独立しているが……。

一九二七年アメリカのテキサス州オーククリフという小さな町で氷を販売する「サウスランド・アイス」という店が、食料品や日用雑貨も売り始めた。この店、朝七時から夜一一時まで営業したため、のちに「セブン・イレブン」と改称した。日本のコンビニの始まりは、一九六九年に大阪・豊中市に開店した「マミー」とされる。また、七一年には「ココストア」や「セイコーマート」もできた。が、本格的なものとして、七四年五月東京・江東区豊洲にオープンした「セブン・イレブン一号店」を嚆矢《こうし》とする説もある。二四時間営業になったのは、七五年六月の福島・郡山市虎丸店。このころから八〇年にかけて、「ローソン」「サークルK」「ミニストップ」「サンクス」などが次々に生まれた。蛇足かもしれないが、二〇〇三年に「セブン・イレブン」は、国内で一万店舗に達している由。

僕の住む東京・世田谷区、京王井の頭線池ノ上駅周辺には、四店のコンビニがある。うち二店は斜めに向かい合っており、それで大丈夫なのかとも思うが、問題なく営業しているようだ。その代わり、長く親しまれてきた豆腐屋、八百屋、文房具屋、パン屋などが次々に消えた。どの店のおやじさんもおかみさんもよく知っていたから寂しいし、あの味がなつかしい、ということはあっても、さほどの不便は感じない。コンビニの凄さは、そこだ。しかし閉店した、たとえば鶏肉屋のおかみさんは今、コンビニのレジで仕事をしている。つまり「よく知っている」下町ふうの雰囲気は、かろうじて残っているのである。

だが、いつまで続くかな……。やがて街中が全国チェーンの店ばかりになり、地元と何のゆかりもなく、品ぞろえも本部の方針により一律。新幹線の駅や空港のように、どこも同じ。味気ないいんじゃない？

（二〇一八年三月五日号）

金子兜太さん逝去

金子兜太《とうた》氏が亡くなられた。一九一九（大正八年）生まれだから、九八歳。この九月で白寿になられるはずだった。「彎曲《わんきょく》し火傷《かしょう》し爆心地のマラソン」「水脈《みお》の果《はて》炎天の墓碑を置きて去る」——俳句界の巨星というにとどまらず、反戦・平和に関して力強い活動を続けられた。二〇一五年、「アベ政治を許さない」というプラカードへの揮毫《きごう》をし、これは全国の集会で掲げられた。作家・いとうせいこうさんとともに新聞紙上で「平和の俳句」運動を始めたのは二〇一五年。以来三年間に一三万句以上の投稿があったという。

金子さんは旧制水戸高校から東京帝大へ進んだかたで、お会いしたことはなかったが水戸育ちの僕は、以前から親近感を抱いていた。近所の「水高（旧制水戸高校）跡」は、子ども時代の僕にとって、スリリングかつ大好きな遊び場だった。講堂の跡だ。戦火ですっぽり屋根と天井が抜け落ち、ガラスの破片、コンクリートの塊や板切れが、密生するペンペン草の間に散乱し、崩れかけのステージにはグランド・ピアノの残骸……。危険だから入るなと言われても、そこで遊んだ。あの講堂が現役だったころ、そこに金子兜太さんはいたんだ……。

だが僕は、俳句をやらない。短歌もやらない。とはいえ、俳句や短歌——短詩形文学と総称される——を読むのは大好きである。どちらかというと自由律を好む。種田山頭火《さんとうか》（一八八二～一九四〇年）はその代表。「酔うてこほろぎと寝ていたよ」「まっすぐな道でさみしい」「分け入っても分け入っても青い山」、さらに「音はしぐれか」なんて、実にいいな。

あまり知られていない俳人だが、野村朱鱗洞《しゅりんどう》（一八九三～一九一八年）に心酔していた時期がある。「風ひそひそ柿の葉落としゆく月夜」「淋しき花があれば蝶蝶は寄りて行きけり」……。

旭川在住で知己である西川徹郎氏（一九四七年～）は、本来住職だが、その句はすごい（森村誠一氏は「凄句」と呼んでいる）——「晩鐘はわが慟哭に消されけり」「かげろうが背を刺し抜いて行った寺町」……。
短歌では、会津八一（一八八一～一九五六年）が好きだ――「天地《あめつち》にわれひとりゐて立つごときこの寂しさに君は微笑む」……。

丸木政臣氏（一九二四～二〇一三年）は、「和光学園」園長を務めた教育家（僕の娘はその高校・大学の卒業）にして歌人である。和光大学付属の二つの小学校校歌の作詩をされ、僕が作曲しているが、その短歌で合唱組曲も書いた（二〇〇二年神戸市役所センター合唱団委嘱「沖縄の雲へ」全音刊）。「家遠く南の涯《はて》の沖縄《ウチナー》、涯戦場に果てたる兵も花を賞《め》でしか」「吾が情念《おもい》紺青《こんじょう》の空に吹きなびけ正義の旗の襤褸《らんる》となるとも」……。
金子兜太さんも丸木政臣さんも、兵としての自らの戦争体験から、反戦・平和運動に力を注いだ。戦争の悲惨さを次世代へ伝えることを怠ってはならない――金子兜太さんの訃報に、その遺志を継ぐ重さを、強く感じた。

（二〇一八年三月一二日号）

もう一度、俳句

金子兜太《とうた》さんの訃報を受け、前回俳句や短歌についてお話しした。その中の野村朱鱗洞《しゆりんどう》だが、すばらしい句を遺したのに、あまり知られていない。なぜ僕が知っているか——ものごとには「きっかけ」ということがある。その話をしたい。

僕は、愛媛県の松山と深い縁がある。そもそもは、一九七三年に地元の民放＝南海放送の委嘱で合唱作品を書いたことだった。混声合唱組曲「銅山」という曲で、詞は、当時、新進気鋭の池澤夏樹。この経緯も十分に面白いのだが、それは別な機会に話すとして、ここでは、以来、全国で最も高い頻度で行く（この十数年は金沢のほうが多くなったが）松山という土地について。

松山は「俳句の街」だ。何といっても正岡子規（一八六七～一九〇二年）。そして河東《かわひがし》碧梧桐《へきごとう》（一八七三〜一九三七年）、高濱虚子《きよし》（一八七四〜一九五九年）。蛇足ながら、虚子の次男は池内《いけのうち》友次郎（一九〇六〜九一年）で、作曲理論の権威であり、東京藝大教授を務めた。門下から黛敏郎、矢代秋雄、間宮芳生、三善晃ほか多くの俊英を輩出した。僕もそこに連なる。のみならず、仲人でもある。子規とその妹（＝律）を描いたテレビドラマ「わが兄はホトトギス」（脚本：早坂暁、南海放送）の音楽を、僕が担当したのは一九七八年。子規と同じ素材による演劇「根岸庵律女」（小幡欣治作・一九九八年劇団民藝）の仕事もした。子規と、何度もつきあっているわけ。

さらに松山が夏目漱石とも深い関わりがあることは周知のとおり。僕は、やはり前記南海放送委嘱で、混声合唱組曲「異聞・坊ちゃん」という曲も書いている（一九八四年）。この作詞は、テレビドラマで仕事を一緒にした脚本家の金子成人《なりと》だった。漱石の原作のいわば行間を読む感じで想像力を発揮した内容だ。漱石は、教師として松山に赴任していた折の一時期、子規の家に下宿している。自分の居場所を自分の俳号「愚陀仏」にちなんで「愚陀仏庵」と名づけた。その愚陀仏庵が、松山市内の城山の麓に移築されている。僕の常宿の前面なので、萬翠荘というかつての藩主久松家の旧別荘跡であるレトロな西洋建築の裏手にあるそこを、僕はよく散歩した。しかし、二〇一〇年七月の豪雨の時の崖崩れで倒壊してしまったのは、残念！

さて、野村朱鱗洞との「きっかけ」。この人も松山生まれ。ある時の南海放送との話で、その句により合唱作品が企画された折に知った。再録はしないが、一読して、その句を大好きになった。事情あってこの企画は流れてしまったが、朱鱗洞の句には、今もしばしば親しんでいる僕である。

時々お会いする黛まどかさんは、東日本大震災後まもなく現地を訪れている——被災地の空を自在に夏燕《なつつばめ》……。この句に、言葉もない。気持ちのすべてが、ここにある。俳句ってすごい、とひたすら、あらためて感じてしまうのである

（二〇一八年三月一九日号）

人間好き

作曲が生業《なりわい》となって以来、かつて予想もしなかったような仕事をこんなにしているんだ……とあらためて驚くことがある。その一つは、この連載のような原稿書きだが、もう一つは「対談」だ。かつて（一九九六〜二〇〇九年）担当していたＮＨＫ（ＥＴＶ）「Ｎ響アワー」という番組で、しばしばゲストを呼んでしゃべるということがあった。それで気がついた――僕は誰と話しても楽しくなっちゃうんだ……。

僕は二〇〇四年から、石川県立音楽堂で仕事をしている。ここにはコンサートホールと邦楽ホールがあるので、洋楽と邦楽に監督がいるが、前者を務めるのが僕。その仕事の一環として、年に数回「音楽堂アワー」という催しをつづけてきた。ゲストを呼んで僕としゃべるが、途中でゲストのリクエストによる音楽（室内楽か歌）のナマ演奏が入る。二〇〇八年から始め、これまでのゲスト（鼎談《ていだん》も含まれる）を列挙すれば——小曽根真（ジャズ・ピアニスト）、池澤夏樹（作家）、井上道義（指揮者）＆ギドン・クレーメル（ヴァイオリニスト）、尾高忠明（指揮者）＆小菅優（ピアニスト）、下野竜也（指揮者）、スタニスラフ・ブーニン（ピアニスト）、林隆三（俳優）、中村紘子（ピアニスト）、漆原朝子（ヴァイオリニスト）、山下洋輔（ジャズ・ピアニスト）＆一柳慧（作曲家）、加古隆（作曲家）、檀ふみ（女優）、上杉春雄（ピアニスト）、青島広志（作曲家）、仲代達矢（俳優）、寺田農（俳優）、池内紀（ドイツ文学者）、山田太一（脚本家）、篠井英介（俳優）、水橋文美江（脚本家）、吉村作治（エジプト考古学者）、篠田正浩（映画監督）、矢追純一（ＵＦＯプロデューサー）、栗原小巻（女優）、澄川喜一（彫刻家）、森山開次（ダンサー・振付師）、ゲルハルト・オピッツ（ピアニスト）、青柳正規（文化庁長官）、阿川佐和子（エッセイスト）、黛まどか（俳人）、山本益博（料理研究家）、森村誠一（作家）、本木克英（映画監督）、若村麻由美（女優）、役所広司（俳優）、桂米團治（落語家）、田中美里（女優）、ジュディ・オング（歌手・女優・木版画家）、江川紹子（ジャーナリスト）、山本容子（銅版画家）＆夏木マリ（女優）。

また二〇一五〜一六年、うたごえ新聞六〇周年企画として、全国各地で対談をした。森村誠一、檀ふみ、西谷文和（ジャーナリスト）、大石芳野（写真家）、稲嶺進（沖縄県名護市長）、糸数慶子（参議院議員）、ナターシャ・グジー（歌手）、早坂暁（脚本家）、香川京子（女優）、妹尾河童（美術家）、クミコ（歌手）、山口果林（女優）、桂米團治、池澤夏樹、湯川れい子（音楽評論家）、若村麻由美。

『スプラッシュ』（カワイ出版刊）や『人はともだち、音もともだち』（かもがわ出版刊）でも、いろいろな方と対談をしている。

上記のほとんどが、以前からの知己だ。今回は、何だか人名ばかりの稿になってしまったが、結局、僕は人間が好きなのだろう。子どものころからずっと。そしてこれからも。

（二〇一八年三月二六日号）

国民投票

ここに来て、これまであまり意識になかった「国民投票」という言葉が、じわりじわりと身辺に近づいてきた。日本国憲法第九章第九六条には、こうある――この憲法の改正は、各議院の総議員の三分の二以上の賛成で、国会が、これを発議し、国民に提案してその承認を経なければならない。この承認には、特別の国民投票又は国会の定める選挙の際行はれる投票において、その過半数の賛成を必要とする。このあと「二」として付則がつけられているが、そこは省略。

このように、「国民投票」は憲法に明記されている。英語では「レフェレンダム」referendumと言う。これは国政に関する場合であり、地方自治の場合は「住民投票＝ローカル・レフェレンダム」である。

二〇一六年六月二三日、イギリスで「EU（ヨーロッパ連合）離脱」の是非を問う国民投票がおこなわれた。EU残留支持の得票＝一六一四万一二四一票（約四八パーセント）。離脱支持の得票＝一七四一万七四七票（約五二パーセント）。こうなった以上、こうならなければならない。それが国民投票というものだ。しかしかの国にとってこういったことは前にもあった。EUの前身であるEEC（ヨーロッパ経済共同体）への加盟を続けるか、あるいは離脱すべきかという国民投票は一九七五年である。結果は「加盟しつづける」――この時はEECにとどまったイギリスなのだった。

二〇一四年九月一八日には、スコットランド分離独立の可否を問う住民投票がおこなわれた。これは、イギリスという島の北の地方＝スコットランドの「ローカル・レフェレンダム」である。結果――独立に賛成＝一六一万七九八九（四四・七パーセント）。反対＝二〇〇万一九二六（五五・三パーセント）。僅差だが、スコットランドは大英帝国にとどまった。

スペインのカタローニャ地方の独立に関しても、住民投票があった。記憶に新しい昨年＝二〇一七年一〇月一日。カタローニャから中央へ流れる税金額に対し中央から還元される額が少ない、またカタローニャ民族が中央に軽視されている、などの不満が噴き出てきて、独立運動は二〇一〇年代から高まってきた。二〇一二年には大規模なデモもあった。そして前記の投票。結果は、独立賛成＝二〇四万四〇三八（九二パーセント）。反対＝一七万七五四七（八パーセント）。圧倒的多数で独立が成るはずだったが、そうはいかない。これが「住民」投票であって「国民」投票ではなかったからだ。中央政府のラホイ首相は、この住民投票の投票率が有権者の三分の一だったことから、この結果すなわち独立を認めていない。

このように、「国民」か「住民」かにより、投票結果の持つ力は大きく異なるのである。日本で憲法改変のためおこなわれるはずのものは「国民投票」だ。「その結果にかかわらず九条に自衛隊を明記」と言い放つ首相は、「国民投票」をなめている。主権者である我々国民の、大きく強い膂力《りょりょく》を示そう！　そのための準備を、着々と進めなければいけない。

（二〇一八年四月二二日号）

デスク

僕の仕事にとって、デスクはきわめて重要なツールである。作曲をしている図として最も一般的なのは、ピアノの譜面台に置いた五線紙に向かって鉛筆などを走らせているものだと思うが、あれは全然ちがう。作曲をする時にピアノに向かうということは、ある。だが、書かない。書く行為は、デスクだ。

作曲を学ぶ学生に、よく言ったものだ――音符を書くのが作曲ではない。楽譜を書くのは作曲ではなく、写譜。頭のなかにあるものを楽譜として写し取る作業だ。この写譜作業の前の段階で作曲をしなさい、と。

ま、この話だけでも一回分になるが、今回はそうではなく、デスクについて。

僕が仕事に使っているデスクには、幾つかの種類がある。まず自宅では、ステンレスのファイルボックスを左右に置き、その上に大きな板を乗せただけのもの。かなり分厚い板である。札幌の仕事部屋のデスクは、三〇年くらい前に購入したもので、建築家が設計図を描くのに使う台。机面は手前が低い斜めになっている。鉛筆などは置いておくとコロコロと転がり落ちてしまうが、仕事はしやすい。東京の、今使っている自宅近くの仕事場は一〇年くらい前に設置したが、その時、札幌のものと同様のデスクを置くべくあちこち探した。しかし、どこにもない。友人の建築家に相談したら、設計図はPCで作成するのが常識で、机面が斜めの設計台なんてもう誰も使っていない由。なるほど、そりゃそうだろうと納得して購入したのは、単なる長い机。ヨコ二メートル、タテ一メートルくらいの大きさ。ファイルボックスも引き出しもついておらず、デスクという言葉にフィットしないが、これでいいのである。

三〇~四〇代のころ――というのは最も多忙だった時代だが――集合住宅の自宅の隣が仕事場だった。そこに、デスクが四つ並んでいる。Aデスクでは某オーケストラから委嘱の管弦楽曲を進めており、Bデスクでは毎週の作曲と、録音があるNHKの大河ドラマの音楽を、Cデスクでは映画の仕事。それぞれをいちいちセッティングする時間もないわけ。

Dデスクは写譜のEさんの待機または仕事用。僕の作曲が終わるや、ただちにパート譜作成。そうでないと録音に間に合わない。スリリングな日々だった。

この仕事場では忘れられないことがあった。ある日そこに、手塚治虫さんから電話がかかってきたのである――あなたの「影武者」の音楽がとても好きだ。今制作中の私のアニメーションの音楽を書いてほしい。

子どものころからの手塚ファンとして、飛び上がるほど嬉しかった。が、眉毛が焦げるほど超多忙で、それ以上仕事をするのは不可能。「次の機会にぜひ」と、涙を飲んでお断りした。その少しあとに、手塚さんは逝《い》ってしまったのである。Aデスクでの電話だった……。

デスクの話だけで、いくらでもできるが、さほど面白い話でもないですな。この辺までにしておきましょう。

（二〇一八年四月九日号）

ホテル

ホテルを利用する機会が多い。頻繁に行く町では、いつも同じホテルすなわち定宿だから、気分もラクだ。着いたとたん、よく知っている顔が出迎えてくれる。向こうも僕を知っている。ほっとするし、いろいろ便宜もはかってくれる。これが慣れないホテルだと、勝手がわからないから、どうしても気を遣ってしまうものだ。

だいぶ前の話だが、楽譜出版社の仕事で、拙作ピアノ曲に関する講座の旅をしたことがあった。担当者が同行。神経質なところがまったくない明るい好青年だが、旅行カバンに枕を入れている。枕が変わると眠れないのだそうだ。どこだろうがすぐに寝てしまう僕としては、おおいにびっくりした記憶がある。

ロシアがソビエトだったころ、モスクワのホテルの部屋の電話は内線ではなく、独立した据付型で、海外（日本だが）へかけるためにしかるべきダイヤルを回すと、ホテルの係ではなくモスクワ市電話局の交換手が出て、驚いたっけ。

このことに限らず、国によってホテル事情は異なる。ホテルに歯ブラシから髭剃りカミソリ、ドライヤーから寝衣まで置いてあるのは日本だけだ。だから、海外旅行にパジャマを忘れてはいけない。ある時、出発の空港で、忘れたことに気づいた。でも、空港にはたくさんの店があり、旅行グッズはそろっている。買っていくか。ところが（中部セントレア空港）、売っていない。化粧品店やブティックは並んでいるが、パジャマはどこにも、ない。夏だったから女性用の浴衣はあったが、まさか、そうも、ネ……。行き先は南半球。つまり、向こうに着くと冬だ。到着地で入手すべく町を歩いた。だが、サイズがバカでかい（オーストラリアのシドニーである）。しかたなく、でかいのを購入。着ると「松の廊下」だ（わかる？「忠臣蔵」江戸城の場の吉良上野介の袴です）。でも、寒いから、ダボダボのまま寝た。困ったですね。

セキュリティにうるさいアメリカでは、部屋のキーを見せなければエレベーターに乗れないホテルも少なくない。もっとも、エレベーター内でキーを挿し込まなければ階数ボタンが押せないシステムは、日本でも最近見かけるようになった。世情不安を反映している。

だが、どこのホテルでもバスルームの灯りが部屋のそれより暗めなのはなぜだろう。髭剃りの時など、明るいほうが助かるのに……。

また、たいていデスクに灯りスタンドが置いてあるが、これがデスクの右側であることが多い。僕は右利きだから、書きものをする際、手暗がりになってしまう。で、これを左側へ移そうとすると、コードが短くて、できない。何だよ……。

ご自分の家にいると思ってくつろいでください、と言うのがホテル・サービスの一般的基本。しかし、これはむずかしい。なぜって、人はそれぞれ違う。ま、旅ではマジョリティ（多数派）になれ、ということなのかも……。

（二〇一八年四月一六日号）

忖度

忖度《そんたく》という言葉、日常語とはいえないだろう。とはいえこのところ、ニュースや評論にしきりに登場するのは、ご承知のとおり。だが考えてみれば、世の中は元来、忖度社会といってもいいのかもしれない。

「忠臣蔵」のそもそもの発端は、浅野内匠頭の吉良上野介への忖度の不足だったともいえる。

「源氏物語」で、純真だが不美人の末摘花《すえつむはな》は、光源氏への思いを忖度で示すしかなかった。

「気がきく人」という言いかたはふつうに用いられるが、これを換言すれば、忖度を十分にできる人、ということではないか。書類やデータよりもっと大事なのが「顔色」というわけだ。いっぽう、忖度次第で相手の考えを変えることだってあり得る。シェイクスピアの名作「オセロ」に例をとってみよう。将軍オセロの部下で旗手のイアーゴは、オセロが妻デズデモーナに嫉妬心を抱くよう、巧みな会話でオセロを陥れていく。オセロの副官であるキャシオーがデズデモーナと関係があったと疑わせるための画策だ（以下、小田島雄志訳）。

オセロ：あの男は忠実ではないとでも？
イアーゴ：忠実、ですか？
オセロ：忠実？　ああ、忠実だ。
イアーゴ：そうですね。私の知っているかぎりでは。
オセロ：なにを考えているのだ？
イアーゴ：考える、ですか？
オセロ：考える、ですか？　どうしてこう口まねするのだ、この男は。

シェイクスピアはまさしく、天才。自分のひと言ひと言に相手が疑念を持つと、人はいつしか自信を喪失していく。イアーゴの会話術は、これも一種の忖度だと僕は思う。

で、突然、国会の話になるが、例の森友問題である。ようやく、前国税庁長官・佐川宣《のぶ》寿《ひさ》氏の証人喚問が実現した。しかし、その答弁はのらりくらりで、肝心の時には「刑事訴追を受ける恐れ」を理由に、答弁を拒否。「忖度」だったのかどうかも含め、結局、現時点で具体的な進展には、依然至っていない。とはいえ、国会審議というのは、どうしてあんなにまどろっこしいのだろう。質問者の問いに対し、議長が「○○クン」と呼ぶ。自席にすわっている○○クンは、そこから答弁の場所まで数メートル歩き、しかるのち「お答えいたします」と口を開く。

大勢が勝手にしゃべりだしたら収拾がつかないから、議長の指名は仕方ないにしても、答弁機会が多くなるのは誰か、わかっているのだから、しかるべき人は初めから答弁席にいてもいいのではないか。そうすれば、もっと直接的かつ本道に肉薄した会話ができる。

証人：それはその時点で廃棄処分しました。

質問者：廃棄、ですか？

証人：適正な判断だったと考えます。

質問者：適正、ですか？

「忖度」とは、相手の心中をおしはかること。この「イアーゴ方式」で、答える人の心の動揺がかなり読めるし、応答は真髄に近づいていく。どうせ忖度社会。忖度活用術もあるのでは？

（二〇一八年四月二三日号）

タガが外れた

森友学園、加計《かけ》学園のもろもろ、防衛省の南スーダンやイラクＰＫＯ活動の日誌隠し、厚生労働省の裁量労働制データ捏造《ねつぞう》……公文書とはデタラメなものという認識が、広まりつつある。だが、官庁だけではない。東芝やオリンパス、神戸製鋼、日産、スバル……あちこちで、嘘がまかり通ってきた。相撲界の暴力事件もそこに連なるだろう。現代の子どもたちは、世の中ってこんなに嘘だらけなの？　都合が悪かったら嘘をつけばいいの？と思うにちがいない。

シビリアン・コントロールが揺らいでいる。「文民統制」と訳されるが、主権者である国民によって選ばれた首長が軍隊を統制することだ。軍隊が実権を握り、軍事国家になることを防ぐための、民主国家の基本イデーである。公文書のデタラメの横行は、つまり主権者を冒瀆《ぼうとく》することであり、それはすなわちシビリアン・コントロールを侵害することにほかならない。だが、現下の為政者たちが考えている国家の方向は「国民不在」であり、国民からの主権の剝奪《はくだつ》だ。

その第一は「共謀罪」である。ネポティズム（縁故主義）に固まっている政権は、身内とイエスマンだけを登用。阿諛追従《あゆついしょう》する者だけを重用し、自分に批判的な者はすべてから除外する。で、いっぽう国家としては、アメリカの属国路線を突っ走っている。特定秘密保護法、集団的自衛権行使容認、共謀罪法……これらすべて、属国化政策である。内田樹《たつる》氏は、その上であれだけ強行採決を繰り返したのに内閣支持率が大きく落ちないのは、対米従属国家のほかに、日本にどんな選択肢があるのか有権者もわからなくなっているからだと指摘する（朝日新聞社東京社会部編『もの言えぬ時代～戦争・アメリカ・共謀罪』朝日新聞出版）。

共謀罪は一般人に全く関係ない、と現為政者は言うが、同じ言いかたで始まったのが戦前の治安維持法だった、と田原総一朗氏は言う（同上）。第一〇八九回「なぜ、罪に？」（本書二一〇ページ）で、僕もそのことに触れた。

第一〇六五回「マス・サーベイランス」（第一三巻三六一ページ）でもお話ししたE・スノーデン氏は、アメリカ国家安全保障局（NSA）が日本の政府中枢の電話をすべて盗聴していたことを明らかにしている。それでも日本政府は、アメリカに抗議をしていない（軍司泰史著『スノーデンが語る《共謀罪》後の日本』岩波ブックレット）。

日本という国のタガが完全にゆるんでいる。誠実さのかけらもない傲慢《ごうまん》な政治のもとでは、タガは外れていくのだ。何もかもアメリカに追随し、スパイされても笑ってやり過ごし、国も民間企業も嘘を日常にして平気の平左。タガ（箍）は、竹を割って束にした輪のこと。樽などにはめ、外側を堅く締め固めるものを言う。

このタガこそ主権者すなわち国民なのだ。今の醜態を正すため、主権者は拳を振り上げなくてはいけない。

（二〇一八年四月三〇日号）

常識

掌《てのひら》の甲を上に向け、下側の指を手前に巻く動作は「おいでおいで」と人を招く意味と、たいていわかる。その時、腕を伸ばしていれば堂々とした態度になるが、腕を縮め身体にくっつけるようにしてこの動作をすると、ややこっそり、密かに人を呼ぶ感じになる。これも、たとえば「人間の動作マニュアル」とか「アクション解説書」なんて参照しなくても、万人に通じるもの、すなわち常識とふつう思っている。

ところが……。

これは日本だけでしか通じない。この動作は、時として欧米では「あっちへ行け」になってしまう。欧米での「おいでおいで」は、掌を上に向けて手首を強く曲げるアクション。人差し指と中指で作る「ピースサイン」は「Vサイン」でもあるが、これが「くたばれ」という侮蔑の意志を表す国もあるらしい。

指で丸をつくると、日本では「ＯＫ！」の意味だが、フランスでは「ゼロ（役立たず）」だというし、下品な意味になる国もあるそうだ。ところ変われば常識も変わる――このことを心得ていないと、時としてとんでもないことになりかねない。

かわいい子どもがいると日本では、つい頭を撫《な》でたりするが、熱心な仏教国たとえばタイなどでこれをやってはいけない。頭は最も神聖な部位だから、そんなことをしたらその子の親は怒り出すだろう。そういえば僕の娘が幼かったころ、海外でよく、通りすがりの人にほっぺたを突っつかれたっけ。やられ慣れていないから娘は嫌がっていたが、あれは「かわいいね！」なのだ。怒ってはいけない。


こちらとあちらの常識が著しく異なることが宗教上の理由で起こることは、今やよく知られているだろう。「食」の上の戒律ゆえであることも、共通認識と言っていい。

「東西南北」と言う。日本人にとって、東は最も大切な方角なのだ。聖徳太子が当時の隋《ずい》へ小野妹子を派遣した（遣隋使・六〇七年）おり、認《したた》めた信書――日出《いず》る処の天子、書を日没する処の天子に致す。恙無《つつがな》きや――は、よく知られている（かなり無礼な手紙だと思うけど……）。東が四方の先頭に来るのは、この「日出る処」ゆえかもしれない。だが、中国でも「東南西北」。やはり、東が最初だ。トーナンシャーペーと発音すれば、麻雀をする人にはお馴染みだろう。英語では「ＮＳＥＷ」すなわち北南東西の順。

東西南北を左右上下に感じる人がいて、「カナダはアメリカの上」なんて言ったりする。アメリカの上は空でしょうが……。でも、これは地図のせい。これをいわば利用して、舘野泉さんが左手だけで弾くピアノ協奏曲のタイトルを、僕は「西風に寄せて」とした（二〇一三年）。地図の概念は、世界共通だ。

でも、多くの事がらにおいて、当たり前、常識は場所によって違う。違うことは面白い。これこそが人間のすてきな点だと、僕はいつも感じている。

（二〇一八年五月七・一四日号）

終わってはいけない！

戦没画学生の作品を展示している長野県上田市の美術館「無言館」のことは、皆さんよくご存知だろう。主宰するのは窪島誠一郎さん。その窪島さんから、つい先日、一枚のハガキが……。

――このたび、諸般の事情により、一般財団法人戦没画学生慰霊美術館無言館が営む「信濃デッサン館」を、本年三月一五日をもって無期限休館とさせて頂くことになりました。三九年の永きにわたるご厚情、ご支援に心より感謝申し上げます。

ショック！　僕はこれまで二度、信濃デッサン館を訪れている。村山槐多《かいた》、戸張孤雁《とばりこがん》、関根正二、野田英夫、靉光《あいみつ》、小熊秀雄など夭折《ようせつ》した日本人画家の作品約一〇〇〇点を所蔵しているところ。僕の好きな絵がたくさん含まれる（なかでも、槐多。第一一巻所収「村山槐多とその時代」参照）。やはり僕がこよなく愛する詩人・立原道造の資料や手稿なども、東京にあったその記念館が閉館したあと、一部がここに移され、展示されている。

先年病気をした窪島さんゆえ健康上の理由で、と聞いた。窪島さんは、今年秋に七七歳（喜寿）になられる。大変だろうが、現場を信頼できる後輩に任せ、ご自身は書斎でゆっくりと館長職をつづける、とか、ぜひ考えていただきたい。とはいえ「無言館」は、継続。蔵書がすばらしい「第二展示館」も事前予約制だが、つづける由。それなら、あの絵たちと道造のことも、思ってやってください。

もうひとつ。長い間僕が数多くの芝居でつきあってきた劇団、東京演劇アンサンブル。初めて仕事をしたのは一九七二年。稽古場は杉並区高円寺だった。その後七八年、練馬区武蔵関町の一角に「ブレヒトの芝居小屋」ができる。木造の、文字通り「小屋」。映画関係のスタジオだったが、そこを借り受け、劇団員の総力による手作りで建てた。以来、ここで数多くの演劇が上演された。核であった演出家、広渡常敏氏とは意気投合の仕事をしたし、その逝去後も、親しいつきあいが今もつづいている。僕は、この劇団の芝居にどれだけ音楽を書いてきただろう……。

ドイツ、オーストリア、パレスチナなどから演出家を招くなど国際交流も盛んだった（海外公演は多い――アメリカ、イギリス、イタリア、アイルランド、ルーマニア、モルドバ、ロシア、ベトナム、韓国）。稽古場&上演棟と短い渡り廊下でつながるエントランス&ロビー棟の温かい雰囲気も、多くの人に親しまれたし、僕も大好きだった。四〇年が経ち、土地の借用期限が切れてしまった。しかし、この熱気に満ちた活動は、維持してくれなければ困る。新たな場所へ移転するための模索と、支援の運動が起こっている。

ものごとはいつか終わる――それはわかっているが、困難を乗り越えた先に、真に価値ある世界があるはずだ。簡単に終わらせてはいけない。「信濃デッサン館」も「東京演劇アンサンブル」も、がんばってほしい！

（二〇一八年五月二一日号）

高橋正志さん

親しい人の他界に遭遇することほど、悲しいものはない。子どものころ、父や母が死んだら自分は生きていけるだろうか、と真剣に思った。中学・高校生のころ、毎日会って何でも語り合う友がいなくなったら、自分はその悲しみに耐えられるだろうか、と考えるだけで恐ろしかった。

だが、いつかその日はやってくる。シェイクスピアは、マクベスに独白を吐かせた——明日《あした》、また明日、また明日と、時は一日一日を小刻みに歩み、ついには歴史の最後の一瞬にたどり着く（小田島雄志訳）。

歴史の最後の一瞬は明日かもしれないし、何万年もあとかもしれない。父も母も、死んで久しい。叔父や叔母もほとんどいなくなった。中学時代に最も仲がよかった友も、死んでしまった。同窓会に出れば、逝ってしまった友の、そしてなつかしい恩師たちの話題になる。この歳になれば、これは当然だ。

この四月二九日、神戸で合唱の指揮をした。これまで九曲も作品を書いてきた神戸市役所センター合唱団の恒例の「みどりのコンサート」である。〇八年作曲の金子みすゞの詩による旧作を演奏したが、その前にみすゞの詩の朗読をつづけている女優の若村麻由美さんと対談。もちろん彼女による朗読も。終演後は、同合唱団の創立五五周年祝賀レセプションへ。さらに二次会。若村さんも僕も参加した。無名塾出身で、かつてNHK「N響アワー」の司会をともにした若村さんは旧知である。会の中心は、合唱団団長で「日本のうたごえ」会長でもある田中嘉治さんだが、元会長の高橋正志さんも、もちろん一緒だった。

正志さん（と呼んでいた）は、翌日大阪へ赴き、講演に臨んだという。僕は神戸から金沢へ移動。音楽祭の仕事に入った。そのさなか、五月一日昼ごろだった。ホールの楽屋にいる僕へ、田中さんから電話。正志さんが亡くなった……！

信じられなかった。講演中に倒れた……。大動脈解離！　二二年前の、母の死因と同じだ。

そのプロフィルや「日本のうたごえ」での仕事については、うたごえ新聞紙上で別途述べられるだろう。同い年の、大切な友だった。東京で、大阪で、広島で、那覇で、金沢で……数え切れぬ機会にたくさんのことを語り合い、酒を飲み交わした。中国・南京の中山陵（孫文の墓）の、長い石段を一緒に登った。札幌を歩いていたらラーメン屋で食べている姿を見つけ、突然入って驚かせたこともある。この二月一〇日、一九四八年にうたごえ運動が出発した記念の日に、『うたごえは生きる力～いのち　平和　たたかい　うたごえ七〇年の歩み』という本を音楽センターから上梓したばかり。

少しはにかんだような、穏やかな笑顔が目に浮かぶ。それは、消えない。彼を知る多くの人が同じ思いだろう。マクベスの弁を待つまでもなく、僕たちはいつか「最後の一瞬」にたどり着く。今はこう言おう――正志さん、とりあえず……さようなら。とりあえず……。

（二〇一八年五月二八日号）

節目のあと

よく考えるのだが、歴史的に大きな節目があると、そのあとの時代の人間は、その節目の前が見えにくくなるのではないか……。

江戸期から明治へ、維新をまたいで生きた人は多いはず。すべてが変わった時の、その感触はどんなふうだったろう。ちょうど一五〇年前の話だ。歴史が霞《かす》んでいる。

いっぽう、僕たちの手の届くところの大転換は、先の終戦だ。七三年が経った。高齢化社会と言うけれど、「戦前」を知る人は少なくなっている。戦後を生きてきた僕たちは、戦前の生活について、どれだけ正確に想像できる？　「軍国」から「民主主義」へ。価値の大転換については、聞いて知っている。

だが、生活ゴミの収集はどんなふうにされていたのか。「燃える」「燃えない」に区分けする習慣はあったのか。ビニールやプラスティックは、まだない。金属類はあっただろう。金属も紙もいっしょに処理していたのか？　そういえば、トイレットペーパーというものもなかったはずだ。だって、僕の子ども時代は、いわゆる「ちり紙」、家庭によっては古新聞紙だったもの。キッチンのお湯だって、いちいち沸かしていたのだ。蛇口をひねれば湯が出るなんて、近過去からの話である。

江戸時代、すでに町にゴミの集積所があったらしい。江戸時代というのは、かなり「近代化社会」だったのだ。しかし、ゴミを誰がまとめ、どこへ運び、どう処理していたのか。

大きな荷物を送る際、今なら宅配便がある。以前、スキーやゴルフをする人は、目的こそ楽しさ満載だが、まずは重い道具をかついで歩く苦行を避けるわけにはいかなかった。しかし、今や事前に宅配便で送っておくのが常道だし、僕も地方でのコンサートのために衣装を送ることが多い。昭和の初めごろは、どうしていたんだろう……。

「チッキ」と呼ぶ大きな荷物を駅で受け取る輸送はあったが、ほかにも方法はあったのだろうか。ちなみに「チッキ」とは「チケット」がなまった言葉だったらしい。「マシン」が「ミシン」になったようなものですね。

戦前さえ、このように想像しにくくなっているのだ。考えてみれば、明治維新から一五〇年、大戦終戦から七三年。つまり、第二次世界大戦の時代的位置は、明治初年からこんにちまでのほぼ真ん中、ということだ。終戦の年を明治元年になぞらえてみれば、今ごろはすでに満州事変以後、軍事政権下。秘密保護法はもちろん、治安維持法の苛酷な取り締まりも跋扈《ばっこ》している。

え、今と似ている？　冗談じゃない。

欧米列強に追いつきたいともがいた富国強兵のあの時代と今は、すべてにおいてちがわなければいけない。人間の持続能力の限界を知る思いだ。節目のあとに抱いた初心を七〇数年維持することは、そんなにむずかしいか。

冗談じゃない。歴史の大きな節目を体験するたびに、人間は成長していく。限界と無能をさらけ出す繰り返しを、許してはならない。

（二〇一八年六月四日号）

銃規制

品川駅から家まで、しばしば車に乗る。途中、山手通りの一軒の店がいつも気になる。「〇〇銃砲店」と看板。何を売っているんだろう……。直接行って確かめたことはないし、通り過ぎれば脳裏から消えてしまう。

ま、日本では僕じゃなくても、こんなところでしょうね。子どものころ、空気銃で遊んだことはあります。自分では持っていなかったが、持っている友がいた。空気銃は、英語ではエアガンだが、これは真正銃（または実銃）というジャンルに属し、公安委員会の所持許可が必要。かつて遊んだのは、いわゆる遊戯銃（エアソフトガンまたはトイガン）という種類で、許可が不要なもの。

長じて、空気銃のことは忘れた。関心を持つこともない。銃の話をする人も、周囲にいない。しかし、アメリカではちがう。テキサス州の高校でまた銃の事件が起きたのは、この五月一八日。一〇人が死亡、一〇人が負傷した。二月にも、フロリダ州の高校で一七人が死亡する乱射事件があったばかりだ。この種の事件が、なくならない。テキサスの事件を受け、同州のパトリック副知事は、問題は銃ではなく、暴力的なテレビゲームや命を軽視する教育だと語った。銃を制止するには、銃を持つ人間がもう一人いることが肝要、だから教師は銃を持つべき、とも言っている。

一九七〇年以降、アメリカで銃による死者の数は、約一四〇万人という。その約三分の二は、自殺。銃で自殺するのは最も簡単な方法なのだ。いっぽうアメリカの戦死者数は、歴史上のすべての合計で約一三〇万人。銃による死者のほうが多い。この統計にもかかわらず、アメリカでの銃規制は進んでいない。

しかしこの三月には、首都ワシントンD.C.で高校生たちが大規模なデモをおこなった。キング牧師暗殺から五〇年ということや、一一月の中間選挙を控えて銃規制問題を争点にすべきという若者たちの声を反映している。

だが、全米ライフル協会の存在が、抜本的な銃規制にブレーキをかけている。一年半前の大統領選挙の際、同協会からトランプ陣営への献金額は、日本円にして、何と三一億円！　これだけ貰っていたら、トランプ政権下の銃規制は絶望的だ。

そもそも、アメリカは「自衛の歴史」の国なのだ。自由の国だからこそ、個人に銃を持つ権利があると考える人が、今も少なくない――それは、わからなくもない。殺傷する能力は自動車だって同じだ。問題は銃ではなく、人間。なぜ銃だけを問題にする？　という説が根強い。しかし、車の運転者は、ふつう目の前の人を避ける。他方、銃を持てば、目の前の人にそれを向ける。銃を持つ目的は人を撃つため。人を避けたのでは銃の意味がない――これは車と銃の大きな違いだ。

そろそろ、銃についての論の、根本的な転換が必要ではないか。このことに関して、新しい時代への示唆となるのは、武器を否定する日本国憲法だと、僕は確信している。

（二〇一八年六月一一日号）

雨の季節

空を見ていました。

夜道だった。つい先日のことだ。風が強い。昼間は暑かったから、夜になっての風は心地よく、三日月を見上げながら、僕は爽快な気分だった。しかし、あれ？……夜空に浮かぶ雲はほとんど動いていない。あの辺りは無風なんだ。こんなに強い風は、地上だけなのか……。じゃ、上空のどこかに、ここから下は風が吹いているが、上は無風という境界線があるわけだな。ありえない話だが、その地点に立ってみたら面白いだろうな……。

子どものころの記憶――夕方家の縁側にすわっていたら、遠くに雨が見えた。言い換えれば、雨が降っている遠くが見えたのである。しかし、僕がいるところはまったく降っていない。と、見る間に雨はこちらへ向かってきた。現在進行形で雨の移動を目の当たりにしたのは、その時だけだ。稀有《けう》な体験をしたのである。

インドでの体験も忘れられない。新聞社の特派員をしている友の家に寝泊りしていた。ある日、友が言う――きょうは社用の車が空いているから自由に使っていいぜ。なら、ありがたく。その車で僕は出かけた。晴れていたが、まもなく雨。Oh, it's rainy!（あ、雨だ！）と僕は叫んだ。するとインド訛《なま》りのわかりにくい発音で運転手君が言う――No, this is rainy place.（ちがう、ここは雨の地域なんだ）つまり、雨はもともと降っていて、そこに我々が入ったという考えかたなのである。今降ってきた、というのは人間中心の言いかたであり、自然のほうではそんなふうには考えていないということ。何でもない会話だが、その時僕はインド的解釈にひどく感心してしまったっけ。


「ああ、また雨……これでもう、三年も降りつづけよ」有吉佐和子の名作「華岡青洲の妻」の幕が開いてまもなくの台詞である。雨が三年もつづくわけないだろ、と音楽担当の僕は演出の江守徹君に言った。劇団文学座の稽古場での話。「そのくらい雨にうんざりしているってことだよ」と、雨ではなく僕の地口にうんざりという感じで江守は答えた。

蓮の葉を不細工にかざして雨を避ける青山半蔵のみじめな姿に心を打たれるのは、島崎藤村の名作「夜明け前」の終盤だ。文学、演劇、音楽……さまざまなシーンで、雨は重要な役目を果たす。

細かな雨なら糸雨《しう》、微雨、小糠雨……。降ったり止んだりなら、時雨《しぐれ》、村雨《むらさめ》、村時雨……。強い雨なら驟雨《しゅうう》、篠つく雨、滝落とし……。前記のような、場所によって降ったり降らなかったりの局地的な雨は、私雨《わたくしあめ》、外待雨《ほまちあめ》などと言う。ほかにも、甘雨、膏雨、山茶花時雨《さざんかしぐれ》、翠雨、瑞雨、紅雨、緑雨……雨に関する言葉を、日本語はふんだんに持っている。

東風《こち》、南風《はえ》、木枯らし、山颪《やまおろし》……雨ほどではないにしろ、風の形容だっていろいろ。気象って、面白い。なんて言っているうちに、今年も、梅雨空《つゆぞら》を見上げる季節です。

（二〇一八年六月一八日号）

早坂暁さん

久しぶりでテレビドラマの音楽の仕事をした。

「NHK早坂暁《あきら》ドラマ」と銘打つ企画で、タイトルは、花へんろ特別編「春子の人形」。作・早坂暁。昨年（二〇一七年）一二月一六日、早坂さんは八八歳で他界された。うたごえ新聞の企画「うた新まつり」の一環で一五年一〇月三日、松山で対談をしたのがお会いした最後になってしまった。思えば、実にたくさんの機会におつきあいしてきた。最初は一九七二年。NHK東京の委嘱で混声合唱組曲を書くことになり、その作詩が早坂さん。ところが、詩が来ない。打ち合わせはすっぽかされる。これじゃもう間に合わないというとき、NHK音楽部のプロデューサーK氏が、代理で若い詩人を紹介するが、その詩人と気が合わなかったら、この企画が流れてしまっても仕方がない、と言う。その詩人と会った。たちまち、一〇年来の友のように親しくなり、五曲から成る二重合唱曲（混声合唱×2）を僕は作曲（『恩愛の輪』日本放送出版刊）。この詩人こそ、今や著名な作家であり、僕と依然親友である池澤夏樹。つまり彼と出会ったのは、早坂さんの（勝手な）降板のおかげというわけだ。

合唱組曲はできなかったが、以後、早坂さんとはたくさんの仕事をした。早坂さんの郷里である松山の民放・南海放送のテレビドラマ「わが兄はホトトギス」（正岡子規の妹を主人公とするもの）、同局のドキュメンタリー「カメラマン白川義員《よしかず》の南極」、新橋演舞場での演劇「夢千代日記」、フジテレビの大晦日の生放送ドラマ連作のひとつ……。いっぽうで、数々の迷惑もこうむった。なかなかできない脚本、早坂さんのドタキャンで代理をやらされた二時間の講演……。しかしある時、岩波ブックレット『恐ろしい時代の幕あけ』を読む。被爆後の広島での体験、そして不戦への強い意志に触れ、深く感動した。

渋谷の東武ホテルの一室が、早坂さんの仕事場だった。七八年、故アキコ・カンダさんの委嘱でモダンダンスの曲を書く僕も、一か月近く同ホテルで缶詰生活を送り、しばしばホテル内でお会いしたものだった。

さて、前記「春子の人形」は、早坂暁さんの若き日の実話のドラマ化（脚本：冨川元文）である。早坂さんの生家は四国の遍路道に面していた。昭和九年三月、遍路道に女の赤ん坊が捨てられている。早坂さんの妹として育てられた。その春子を兄は可愛がり、妹も兄をこよなく慕った。夏、春子は兄のいる山口県防府の海軍兵学校を訪ねようと出発。昭和二〇年八月五日だ。四国から船で広島へ渡った春子は……。戦後、春子の面影を追って母と二人、遍路旅に出る兄……。

人を慈しみ、小さく細やかなものに対する心――それを古い日本語で「うつくしむ」と言う。まさにこの言葉に貫かれていたのが、平和を尊んだ早坂さんの生涯だった。

「春子の人形」――八月四日二一時ＮＨＫＢＳプレミアム。戦争を考える八月のひととき、ぜひ、このドラマ、観てください。

（二〇一八年六月二五日号）

脚本家という仕事

前回、早坂暁さんについてお話ししたが、早坂さんの脚本は本当にすばらしく、俳優たちもスタッフも、常に感服していた。だが、すこぶるつきの遅筆。名前のアキラをアカツキと読んでおいて、さらに「オソサカウソツキ」――業界では、これで通っていた。もちろんこれは隠語。平和を愛し、「ウックシム」心にあふれた温かな人格者であった。

ところで、早坂さんの同業者すなわち脚本家とのつきあいは、僕の仕事柄当然である。

故・杉山義法さん＝何と言っても、東宝の演劇「孤愁の岸」が印象に残る。薩摩藩が江戸幕府の命により濃尾三川（木曽川、長良川、揖斐《いび》川）の治水工事をおこない、多数の犠牲者を出した、いわゆる「宝暦治水事件」を描くもの。杉本苑子原作。映画監督の森谷司郎さんの、映像をふんだんに使った迫力満点の演出ももちろんだが、義法さんの脚本がすばらしかった。東京の帝劇での初演（一九八三年）のあと、大阪や名古屋でも再演。森繁久彌さんが座長だったが、僕の音楽を気に入った森繁さんから、その後、映画ほかたくさんの仕事が来るようになる。同じく東宝の演劇「青年」（林房雄原作）も杉山さんだった。故郷・新潟県新発田市を歌った詩を書いた義法さんが、作曲を僕に依頼してきたこともあった。ソプラノ独唱と合唱、オーケストラの曲だった。

山田太一さん＝僕が初めてTVドラマに音楽を書いたのは、NHKで当時「銀河テレビ小説」と称していたシリーズの、山田太一脚本「風の御主前《ウシュマイ》」という、たしか二〇回連続もの（大城立裕原作）。そのあともNHK「あめりか物語」、TBS「深夜にようこそ」などで山田シナリオに作曲した。九一年、「訪中映画代表団」で篠田正浩、小栗康平氏と一緒に中国へ行ったことも忘れられない。

ジェームス三木さん＝朝のテレビ小説「澪《みお》つくし」（八五年）が最初だった。その後、大河ドラマ「独眼竜政宗」、同「八大将軍吉宗」、「夜会の果て」……全部NHKだ。さらにシンポジウムなどさまざまなシーンでつき合った。

ほか、故・市川森一（七八年「黄金の日日」）、金子成人（八〇年「風神の門」）、中島丈博

（九九年「元禄繚乱」）諸氏……。金子さんには混声合唱組曲「異聞・坊ちゃん」（八三年松山・南海放送委嘱・カワイ刊）で、漱石の名作を行間から読むコンセプトを見事に具現してもらった。映画の場合は監督がみずから書く場合が多い。黒澤明、今村昌平監督など、そうだった。

脚本を書く仕事は、小説などで文字やレトリック（修辞法）のかげに隠れているものを現実の場へ引き出し、すべての事象にリアリティを付与することだ。知識や技術だけでなく、自身の体験そして人間性が肝要だ。放送でも映画でも、優れた脚本家とたくさん協働できた僕は、本当に幸せだった。換言すれば、優れた脚本のおかげで、僕は作曲をすることができた。一人の力に限界があることは自明なのだから。

（二〇一八年七月二日号）

夢の話

夢について話すと、フロイトやユングに詳しい人にこちらの心奥を見透かされそうで、ちょっと怖い。『夢判断』『夢と夢解釈』などの著書で知られるのは、ジークムント・フロイト（一八五六〜一九三九年、オーストリア）。抑圧されていた願望を幻覚的に充足するのが夢、という。もう一人、『夢分析』などの著書を残したのは、カール・グスタフ・ユング（一八七五〜一九六一年、スイス）。夢とは無意識から意識に向けてのメッセージだと言う。

以前、夢というものをまったく見たことがない、という人に出会って驚いたことがある。ここでいう夢とは、将来の希望や理想、あるいは夢見心地などではなく、睡眠時に見る夢のことだが、そんなことって、ある？

それは、単に、目が覚めたら記憶がないってことなんじゃない？　夢は誰でも見るんじゃないかなぁ。僕、よく見ます。

高所恐怖症のケがある僕は、幼いころから高いところの夢をよく見た。上も崖、下も崖という山の壁に沿った細い道に反対側から来る人がいて、どうにも動けなくなり、僕は恐ろしくて震えている。これのモトは、何かの本にあった挿絵だったと思う。フランスの寺院の屋上が工事中で、尖塔《せんとう》からもうひとつの尖塔へ行くために、工事現場に渡された板の上を歩かなければならない。向こうから小学生の団体がキャアキャアはしゃぎながらこちらへ来る。これは実際に体験したわけだが、その恐怖を、以後何度も夢の中で追体験した。

真綿か雲のようなフワフワの中を細い針のようなものがゆっくりと進んで行く、という夢を子どものころから、よく見る。これはほとんど抽象絵画のようなもので、意味はまったくわからないのだが、目覚めても心の奥で消えない。この夢を、一九九〇年にＮＨＫ交響楽団の委嘱で書いた「シンフォニーⅣ」で、音楽化した。夢を発想とする曲は、ほかにあまりない。

どう？　フロイト派の人、ユング派の人、これを分析しちゃいますか？　いやですねぇ。だから夢の話はしたくないって言ったでしょ。

しかし、夢というものは、実はすてきだ。他界して久しい父も母も、しばしば夢に現れる。僕と、ふつうに、会話している。親との別れはつらく、悲しいものだが、メーテルリンク「青い鳥」のように、こうして夢の中で会えれば、いいじゃないか……。親しいが長い間会っていない友にも、会える。もしかしたら夢の中が真実の世界で、現実は夢にすぎないのかもしれない——文学者はじめ多くの人が言ってきたことだ。「人生は死への前奏曲」というアルフォンス・ド・ラマルティーヌの詩にもとづく交響詩「レ・プレリュード」(前奏曲・一八四八年)を作曲したのはフランツ・リスト(一八一一〜八六年)。名曲だ。僕も、指揮したことがある。

さぁ、今夜はどんな夢を見るかな。高いところは勘弁してほしい。真綿と針も、もういい。誰かとの邂逅《かいこう》に、期待しよう。

(二〇一八年七月九日号)

夢・補遺

前回の「夢の話」を補足しておきたい。モノを創る人間は、夢にそうとう世話になっている、という話である。音楽では、何と言っても、まずベルリオーズの「幻想交響曲」。シューベルトの歌曲集「冬の旅」の一一曲め「春の夢」が好きという人も多いだろう。ほかに「夢」という歌曲もある。シューマンのピアノ曲集「子どもの情景」のなかの「トロイメライ（夢）」も愛されている。スメタナにはピアノ曲集「夢」、ドビュッシーにはピアノ曲「夢想」があるし、フォスターの歌曲「夢見る人」も、フォーレの歌曲「夢のあとに」もすてきだ。プロコフィエフには、交響的絵画「夢」という曲がある。

美術に話を移そう。若いころから僕が大好きなアンリ・ルソーには「夢」という絵がある。ジャングルに横たわる裸の女性。その見つめる先に猿や象、ライオン、鳥、蛇など。

「眠るジプシー女」という絵は、砂漠に横たわるオリエンタルな服の女、そのそばに置かれた水差とマンドリン。そして画面中央に、大きなライオン。ものすごく想像力をかきたてられる絵だ。両方ともMOMA（ニューヨーク近代美術館）に所蔵されており、彼の地にしばらくいた時、A・ルソーを観たくて、そこへ通ったものだ。だいたい僕は、主観を超えて現実にはありえない世界を描くシュルレアリスムがとても好きなのだ。言うならば、夢である。絵画ではM・エルンスト、P・デルヴォー、R・マグリット、S・ダリ、靉光《あいみつ》、池田龍雄……。詩人ではA・ブルトン、P・エリュアール、A・アルトー、北園克衛、西脇順三郎、瀧口修造……。

夢に関わる演劇も少なくない。僕が音楽を書いたものだけでも、まず超有名なシェイクスピアの「真夏の夜の夢」。これは、大学一年の時に母校・新宿高校演劇部のために作曲したのを皮切りに、一九七五年東京演劇アンサンブル、八一年劇団俳優座に書いた。スウェーデンの作家・ストリンドベリ「夢の曲」（または「夢の劇」）とつきあったのは七八年の劇団民藝。宮本研「夢――桃中軒牛右衛門の」は僕が愛してやまない戯曲で、七六年に劇団文学座のために作曲した。

さらに文学全般に話を広げれば、ラフカディオ・ハーン「怪談」のなかの「おしどり」も、夢に関わる好きな話。谷崎潤一郎「白日夢」、三島由紀夫「豊穣の海」、物議をかもした深沢七郎「風流夢譚」も、夢。だが、このジャンルの代表格は、夏目漱石「夢十夜」だろう。各章が「こんな夢を見た」で始まる。僕が音楽を担当した黒澤明監督の映画「夢」のタイトルは、制作終了間近まで「こんな夢を見た」だった。

夢に触発された芸術作品を並べたら、キリがない。ことほどさように「夢」は、僕たちの日々の営為に深く関わっている。もちろん「未来の夢」といった想いも、そこから敷衍《ふえん》される。あなたが毎晩見る夢も、実はとても重要なのです！

（二〇一八年七月一六日号）

初心ということ

八月が巡ってくる。この酷暑の季節、戦争について考えるのが日本人だ。七三年前、満州事変から十数年という長い戦争の日々が終結した時、日本人は何を思っただろうか……。平和とは、何と静かで幸せなものなんだろう。もう戦争はこりごりだ。戦争は二度としてほしくない。みな、そう感じた。そこから生まれたのが、現行憲法だ。換言すれば、戦後の日本人の初心が、不戦の憲法をつくらせたのである。

初心という言葉は頻繁に使われる。辞書で調べれば、初心とは――

1　物事を始めた時の純真な気持ち　初志。
2　物事の習い始め。初学。
3　物事に慣れていないこと。

4　仏教で、初めて悟りを求める心を発すること、また、その人。
世阿弥《ぜあみ》（一三六三？～一四四三年？）は室町時代初期に「高砂」「井筒」「砧」ほか多くの能を創作し、洗練を施し、完成させた偉人だが、その著『花鏡』にある――是非とも初心忘るべからず。時々の初心忘るべからず。老後の初心忘るべからず。「老後の初心」というのがちとわかりにくいが、これは「初心者だったころのあの未熟さ、みっともなさに戻りたくない」という意味だそうだ。世阿弥のこのスローガンが叫ばれてから約六〇〇年は経っている、というわけだ。

突然話が変わるが、車の初心者マーク。あれは道路交通法第七一条によれば「免許取得から一年は、これをつけなくてはいけない」。だがそれ以後も、つけていたら違反ということではない。従って、運転に不安のある人やペーパードライバーはつけたほうが安心かもしれないですね。

ところで、つい最近の報道（二〇一八年七月二日朝日新聞朝刊）で知った、ある「初心」について。

日米安保条約六条「極東条項」――米軍が日本において施設及び区域を使用する理由は

極東における国際の平和及び安全の維持、という部分。すなわち、アメリカは日本の領土内に基地を持ち、日本防衛のみならず、より広い目的のために活動することができる、というわけ。一九七二年五月の沖縄返還のあと、日本はこの条項の廃止をアメリカ側に提案していた。つまり米軍基地の撤廃。当時の東西冷戦の緩和をきっかけに、安保条約の重要性は減少しつつある、アメリカの戦略と一定の距離を置きたい、と日本政府は考えたようだ。いっぽうアメリカは、島国的だ、と強く反発。これらのことが、七二年六月と一二月の「日米政策企画協議」（日米の大使、外交当局高官などが出席するもの）議事録から、このほど判明した。

日中国交正常化などもこの議論の背景にあるが、とにかくこれが、戦後二七年＝沖縄が返還されたころの思いだったのだ。これを「初心」と考えるなら、完全にそれが忘れられているとしか言いようのないのが現状。もう一度、世阿弥の心に思いを馳せたいではないか。

（二〇一八年七月二三日号）

画家としての矜持

「戦争を許さない市民の会」「怒りの大集会」などで旺盛な活動をつづけている三谷啓文さんから、一冊の本が送られてきた。『池田龍雄の発言』（論創社刊）。今年五月に出版されたばかりだ。

アメリカの建築家バックミンスター・フラー（「宇宙船地球号」という言葉を考え出した人でもある）の言葉が紹介されている――地球号をより安全に運航するために、それぞれがこだわっている視野の狭い専門家の椅子をひとまず下りようではないか。

芸術家の中には、戦争などに無関心・無関係を装っている人がたくさんいるが、そういう人たちは、敢えて無関心なのではなく、社会的、政治的な問題は芸術家として関わる問題ではない、なるべく手は汚したくない、芸術追求の本筋から逸脱すること、専門家のとるべき道ではない、と考えているのではないか、と池田氏は指摘する。また、「専門」という穴蔵の中で、努力して獲得した椅子はおのれの自尊心や安楽を保障してくれるから、下りるには勇気が要る。専門家はえてしてそれ以前に自分が人間であることを忘れがちになる、とも。

以前にもお話ししているが、美術における「シュルレアリスム」が僕は大好きである。とりわけ、マルセル・デュシャン、マックス・エルンスト、ルネ・マグリットなどに代表される「デペイズマン」という手法は偏愛している、と言っていいほどだ。空に雲と大きな岩が並んで浮かんでいたり、樹の繁みの真ん中に三日月があったり、というように、無関係なものを結びつけ、並置するのが「デペイズマン」。

シュルレアリスムの日本の画家としては、古賀春江、福沢一郎、北脇昇、寺田政明（友人の俳優・寺田農さんのお父さんだ）などと並んで、池田龍雄さんの作品も好きだった。「池辺さんにあげてほしい」と新刊を三谷さんに託した由で、畏敬《いけい》する池田龍雄さんが僕の名を知っているなんて思っていなかったから、とてもうれしかった。

池田氏は日本の現下の政治を批判する――政治は国民のためにあるのではなく、国家のためにあるのだ、という傲慢不遜《ごうまんふそん》な政府だ、と。「守り抜こう、九条と表現の自由」とスローガンを掲げる。

池田氏の生まれは一九二八（昭和三）年八月一五日――何と！　ちょうど一七年後が、終戦の日だ！　今年九〇歳になられる。新刊には政治的な発言や絵のほかに、詩も収められている。

「空」という八行の詩のラストの二行を示そう。

眼をひらいて青空をみつめよう／声を揃えて軍靴の響きを打ち消そう

僕も、専門家という椅子にしがみついていることを嫌う一人である。音楽家である前に人間であることを忘れてはならないと願っている。それこそが、逆に音楽家の矜持《きょうじ》となるのではないか。池田氏の著書に、画家としての矜持を、僕は強く感じた。

（二〇一八年八月六日号）

大全集スタート

僕の所属事務所（東京コンサーツ）が、「池辺晋一郎大全集プロジェクト」を立ち上げた。そのワケは二つあると考える、ひとつは、東京・早稲田にある「一般財団法人日本聖書協会キリスト教視聴覚センター」（ＡＶＡＣＯ）の一角にあった結婚式場が閉鎖になり、その跡に東京コンサーツの事務所が入ったこと。宴会場だった一階のホールで、コンサートや合唱のリハーサルなどができる。つい先日は、僕が音楽を担当した映画の音楽録音をおこなった。東京コンサーツが使用するのは一、二階で、三階は別会社＝「アバコスタジオ」といい、音楽録音スタジオとして知られている。七〇年代から、僕が関わった映画や演劇、民放のドラマなどの音楽は、ほとんどここで録音してきた（ＮＨＫのものだけはＮＨＫ内のスタジオ）。僕にとってきわめて親しい場所。前記ホール部分で「大全集」が展開できる、というワケ。

ふたつめは、作曲家という仕事にもかかわらず、僕が自作の整理等に関してあまりにも無能力だからだ。僕ほどこれができない作曲家も稀《まれ》かもしれない。脱稿し、委嘱先や写譜屋に譜面を渡す。その時、もちろんコピーは手元に残すが、二、三日経つとその譜面が自室のどこにあるか、早くもわからなくなってしまう。マネージメント側としては、こいつの作曲履歴を一度整理しなくては、と考えたのだろう。

ふたつめのワケで明らかだが、僕はこれまで、自分から作品発表の機会を持ったことがない。ピアニストや声楽家はみずから「リサイタル」を企画し、実践することで、演奏家としてのステイタスを形成するものだ。それが世間からの評価の礎となる。しかるに僕は、考えたこともない。だいたい、やりたい、とか、僕にやらせてください、てなことも言ったことがない。約半世紀のあいだ音楽界で仕事をしてきたにもかかわらず。幸か不幸か、引きも切らず、やらなくちゃならないことがあった。常に仕事に追われ、自作を整理したり、自分で発表の企画を作る余裕など、なかった。忸怩《じくじ》たる思いを抱くことがある——委嘱でなく、ゼロからの自分の発想で作曲をしたことがない。かのハイドンは、長い間仕えたエステルハーツィ家を離れた晩年、みずからの意欲と発想で、「天地創造」「四季」というオラトリオの傑作を書いた。

創作者としては、そういうことをしなくては、と常に考える。ところが、委嘱作品で手一杯。いくつか並行させている始末だ。もちろん委嘱であっても、いざ書く時点では「書きたい作品」に昇華するのだが、しかしゼロからの出発とは言い切れない。

「大全集」一回めは、この五月。歌曲でまとめた。二回めは一一月一四日、東京混声合唱団による合唱。八四年以降書きつづけてきた「東洋民謡集」五作を一挙に演奏する。そのあと、いつ、何をやるのか、全く知らない。

マネージメント任せではなく、自分でプランニングしたいが、今も焦眉の急の仕事が……。

（二〇一八年八月一三日号）

戦犯音楽家はいるか？　その1

戦争を考える季節が、また巡ってきた。三、四年前だが、『週刊金曜日』編集委員を務める佐高信氏に「音楽家にも戦犯がいる。今の音楽家はそれをなぜ糾弾しないのか」と問われた。戦犯の存在について、僕もその通りと思ったが、糾弾に関してどう答えたかは記憶が定かでない。だが、軍部のＶＩＰとして（旧）満州へ来た山田耕筰さんの滞在中の「お付き」を命じられて務めた話を、当時ＮＨＫの若きアナウンサーだった森繁久彌さんに聞いたことがある。軍のＶＩＰとは、尋常でない。それは今や「戦犯」と認知されても仕方がないのでは、と僕は考えた。とはいえ……。

僕の母校＝東京藝術大学が「戦没学生のメッセージ」というコンサート・シリーズを展開している。その「Ｉ」は、二〇一七年七月三〇日、同大学のホール＝奏楽堂でおこなわれた。そのころ札幌にいた僕は、そのコンサートを聴けなかったが、このほどライヴ・レコーディングによるCDが送られてきた。

若くして戦死した葛原守、鬼頭恭一、草川宏、村野弘二、四人の作品が収められている。これらの人たちについては周知だった（本シリーズ第一二巻四〇六ページに「音楽の無言館」としてお話ししている）。また、拙作「こわしてはいけない」を歌うコンサート（二〇一七年一二月二日立川市民会館ＲＩＳＵＲＵ大ホール）は、憲法施行七〇年・無言館設立二〇年を記念するもので、「戦没学生を悼み、不戦・平和のバトンをつなぐ」というキャッチフレーズが付せられていた。そのステージで演奏されたのは、尾崎宗吉、鬼頭恭一などの作品。この時、小宮多美江さん、窪島誠一郎さんと、戦没作曲家について鼎談《ていだん》をした。これは、この六月に上梓された『歴史を見る、音楽をする――空を見てますか……8』（新日本出版社刊）に収められている。

さて、前記東京藝大の「戦没学生のメッセージ」は、この七月二九日に「Ⅱ」が催され、その中で、草川宏の「昭南島入城祝歌」というオーケストラと合唱のカンタータが演奏されたという。この「Ⅱ」も、バルト三国へ行っていた僕は聴けなかった。帰国後会った法学者で音楽学者でもある片山杜秀《もりひで》さんに、話を聞いた。昭南島とは、戦時中日本が占領していた時の日本名で、つまりはシンガポールである。曲は未完だが、スケッチに楽器名などが記されていて、それを高橋宏治君という藝大卒業の若い作曲家が、オーケストラ・スコアに完成させたという。詩は佐藤惣之助。雑誌か何かに載っていた詩に作曲したらしい。

日本軍がシンガポールを陥落した祝いの曲――戦意高揚。当時の国家に完全におもねっている。この二年くらい前に初演された草川の師＝信時潔のカンタータ「海道東征」（詩：北原白秋）の影響が濃い曲。この信時作品もまた皇紀二六〇〇年を祝賀する国家戦略的なもの。だが、今回「昭南島入城祝歌」を指揮した東京藝大教授で現代音楽の優れた作曲家・小鍛冶邦隆君は言う。（つづく）

（二〇一八年八月二〇・二七日号）

戦犯音楽家はいるか？　その2

（承前）小鍛冶邦隆教授は言う――政治的な側面からだけ音楽を見ていたら、さまざまな意見があるだろう。だが、文化的な意味で捉えることも大切だ。

僕は、だいぶ前にたまたま読んだ北沢方邦《まさくに》氏（構造人類学者・信州大学名誉教授）の言葉を思い出した――たとえば皇国史観のような右翼的言動を排除しようとするあまり、日本の古代神話や伝説まで否定することになるのはおかしい。思想的な主張の陰で、文化的なものが消去されてしまう。

そのとおり、と僕は思う。

「古事記」や「日本書紀」に代表される古代日本史は、日本人にとって重要なものだ。イザナギ・イザナミノミコトの話を史実だとは言わないが、何かを象徴しているのではないか。ある意味で、日本人の思考の根本を示していると言えるだろう。

僕たちが、正月に明治神宮や伊勢神宮、あるいは熱田神宮や鶴岡八幡宮へ詣《もう》でる。成田山新勝寺や川崎大師などへ詣でる——だからといって、それが「神道思想」や「皇国思想」だなんて、誰も考えない。日本人にとって、自然な、ごく普通の行動である。


万が一、神宮参拝をナショナリズムの具現と解釈する人がいるとしてもこの考えは変わらない。ナショナリズムは国粋主義、国家主義などと訳されるが、民族主義でもあるからだ。シベリウスの交響詩「フィンランディア」(一八九九年作曲、一九〇〇年改訂)の、最初のタイトルは「フィンランドは目覚める」だった。当時、帝政ロシアの圧政に苦しめられていたフィンランド国民の愛国心をおおいに高め、帝政ロシアの演奏禁止処分を受けた。この曲は民族主義か、あるいは国粋主義か? ベートーヴェン「ウェリントンの勝利」、ベルリオーズ「葬送と勝利の大交響曲」、チャイコフスキー「序曲一八一二年」など、類似の音楽はたくさんある。

歴史に「もし」はナンセンスだが、フィンランドの歴史がもし違っていたら、シベリウスは戦犯になっていたかもしれない。

誤解しないでほしいが、同様にもし日本が敗戦国になっていなかったら、草川宏「昭南島入城祝歌」は民族の心を団結させ、高める曲として評価されていたかもしれない。逆に見れば「戦犯」かもしれない。つまり、こういうことは、結果次第でどうなるかわからないということ。

小鍛冶教授の言うとおりだと思う。戦中の日本の作曲家の業績を、文化的側面からきちんと捉えなければいけない。戦犯音楽家の検証も必要だろうが、そのことに偏《かたよ》ると、最も大切な部分を見失うことになりかねない。戦争の勝ち負けで評価が分かれるような検証ではなく、文化的、芸術的な視座から、ひとつひとつ冷静に判断していかなければいけない。僕のテリトリーではないが、しかるべき学者に、そのような研究をしてもらいたいと、つくづく考えた。

（二〇一八年九月三日号）

戦争がつくる対極

リトアニアのカウナスにある「杉原記念館」を訪ねたのは、この七月末である。杉原千《ち》畝《うね》について知った九〇年代初頭から、是非行ってみたいと思っていた所だった。

第二次世界大戦中、ポーランドはドイツと旧ソ連に占領され、そこにいるユダヤ人約一万二〇〇〇人が亡命に追い込まれる。まず、当時独立国だったリトアニアへ。生き延びるためのその先の道は、ほぼひとつしかない。旧ソ連を通って日本へ辿《たど》り着き、さらにアメリカや上海へ向かう。押しかけたユダヤ人たちに日本への通過ヴィザを手書きで発行したのが、カウナスにいた領事代理、杉原千畝。一九四〇年七~八月、一日一八時間書きつづけた。まもなく領事館はソ連からの退去命令を受け、やむなく千畝はベルリン行きの列車に乗るが、その車中でも書きつづけ、列車の窓から投げ渡した。六〇〇〇人近い人々が、このヴィザにより亡命した。二〇〇五年読売テレビ制作のテレビドラマ「日本のシンドラー杉原千畝物語――六千人の命のビザ」を見た方も多いと思う。千畝を演じたのは反町隆史だった。周知のように、当時ナチスドイツはユダヤ人を徹底的に迫害し、日本はそのドイツと同盟を結んでいた。「私のしたことは外交官としては間違っていたかもしれない」と、千畝はのちに語った。述懐はつづく――「だが、人間として当然のこと。彼らを見殺しにすることはできなかった」と。

千畝の業績を讃える記念碑をカウナス市内や駅で見た。首都ヴィリニュスに、また、行ってはいないがイスラエルのネタニヤ市にも、その名を冠した通りがあるという。戦争は狂気。人間から通常の神経を奪い取る。そんな中で、人間としての矜持《きょうじ》を保ちつづけた杉原千畝に心からの敬意を抱く。同時に、日本人として誇りに思う。

次は、逆の話だ。札幌滞在中に読んだ北海道新聞の記事（八月一四日）。一九三〇年代、北海道帝国大（現北海道大学）理学部の教授、小熊捍《まもる》（一八八五～一九七一年）は、旧日本軍が捕らえた三〇～四〇歳代の中国人男性三人を使って、生体実験をした。睾丸《こうがん》を使った染色体を観察する実験だったという。実験結果をアメリカの科学誌『ジャーナル・オブ・

モルフォロジー』に寄稿もした（三七年六月）。非倫理的な行為であることは言うを俟《ま》たない。遺体や病人から摘出した睾丸は染色体の観察には適さず、健康で若い睾丸が必要だったという。小熊氏は、三九年におこなった講演で「匪賊《ひぞく》（抗日武装勢力）を材料にしてはどうか。匪賊はどうせ殺してしまうのだから」と言っている。

この考えかたが、小熊氏本来のものだったとは思いたくない。戦争は狂気。人間から通常の神経を奪い取る。拙作混声合唱組曲「悪魔の飽食」は、まさにそこに関わるものだ。

奪い取られまい、と自分を堅守した人間。いっぽう、奪い取られて自分を見失った人間。対極である。戦争の怖さは、これだ。僕たちは、上記双方の例を検証しなければならない。

（二〇一八年九月一〇日号）

デュアルユース

「パグウォッシュ会議」については、以前お話しししているが、再度。アルベルト・アインシュタイン、ジョセフ・ロートブラット、バートランド・ラッセルなど著名な科学者の呼びかけで、一九五七年に設立された。正式には「科学と世界の諸問題に関するパグウォッシュ会議」という。パグウォッシュとは、第一回の会議がおこなわれたカナダの地名である。この第一回には、日本からも湯川秀樹、朝永振一郎、小川岩雄の三氏が参加。全部で一〇か国二二人だった。世界有数の科学者たちが、核兵器の脅威を訴えることでひとつにまとまって出発したが、まもなく完全な核廃絶を主張する派と、核抑止論を掲げて核との共生を主張する派に別れてしまう。が、活動はつづき、一九九五年にはノーベル平和賞を受賞した。

いっぽう、日本の国内では「日本学術会議」が「戦争を目的とする科学の研究には絶対に従わない」という宣言をする。戦後まもない一九五〇年のことだった。

そこに、科学者たちの戦時中の行動への悔恨と反省がこめられていることは言うまでもない。前述の湯川博士は、パグウォッシュ会議のみならず、現在僕もメンバーの一人である「世界平和アピール七人委員会」の創設を呼びかけた方である。その湯川博士でさえ、戦争末期に新型の武器開発に動員されていた（加藤哲郎『七三一部隊と戦後日本』花伝社）。その新型武器とは、何と……。

原爆なのだ。

陸軍の「二号研究」、海軍の「F研究」。この国策に湯川博士も巻き込まれていた。もっとも、これらの研究はかなり初歩的で、また原料などもほとんど調達できなかったらしい。従って、結果はゼロ。開発に関わった物理学者らは、公職追放にも戦犯容疑にも関わらなかった。戦後の湯川博士の平和運動の意義をおとしめるものではない、と上記著者の加藤氏は言っているし、僕もまったく同感である。

ただ……。すでに第一〇四六回「微笑みの裏に刃」（本シリーズ第一二巻三〇四ページ）

でお話ししたが、日本の現政権は、防衛装備品の開発研究を促進している。防衛装備品なんて聞き慣れない言葉だが、要するに武器。このために「安全保障技術研究推進制度」を設置した。その予算は、二〇一五年＝三億円、一六年＝六億円、一七年＝一一〇億円、一八年＝一〇一億円。今年こそ少し減額したが、数年前からの増額の幅はものすごい。だが、政治家に「防衛装備品開発」はできない。科学者にやってもらわなければ、できない。そのために用意するのは「飴」。

研究施設に国の監視役をつけ、「国策」で武器を開発研究させる。言うことを聞く施設へは潤沢な研究費を提供する。「パグウォッシュ」も「日本学術会議」も、平静ではいられないだろう。こうして「軍民両用」いわゆる「デュアルユース」ができあがっていく。戦前と同じではないか。「国策」に要注意！

（二〇一八年九月一七日号）

夏の終わり

夏の終わりは、寂しい。換言すれば、「寂しさ」が最も似合う季節は、夏の終わりだ。

春の終わりは、ちがう。夏へ向かって樹々は葉を広げ、緑が濃さを増していく。エネルギーが日に日に凝縮していく。寂しくない。

秋は、そもそも、寂しい。その終わりは冬の沈黙を前に、心がもう準備を始めている。

冬の終わりは、待望の時。「冬来りなば春遠からじ」と歌ったのはイギリスの詩人シェリーだ。長い冬を耐えれば、必ず明るい春が来ますよ、と。

こうして四季の終わりを比べてみると、寂しさのトップは明らかに、夏だ。誰もが、納得すると思う。

〈いつの間に　もう秋！　昨日は夏だつた……おだやかな陽気な

陽ざしが　林のなかに　ざわめいてゐる〉
立原道造の「また落葉林で」という詩の冒頭（詩集『優しき歌』の五つめ）である。寂しさが漂っていると思いませんか？
〈焼けきった太陽が　今しも海に沈むとき　ぼくは見てしまった　少女が一人　白い馬にまたがり　沖へ向って駆けて行くのを〉
これは片岡輝さん（直接知っている人は敬称略にはできない）の「夏の挽歌」という詩の最初の一節。夏の終わりの速度は、速い。ここで、少女の乗る馬の疾駆は、その速度の具現だ。この詩は、「風の航跡」という僕の混声合唱曲集の一曲である（一九八六年、音楽之友社刊）。

そして……。

〈暑い八月がくると　私たちの心までがヒリヒリと焼けつくのは　なぜですか〉

窪島誠一郎さんの「なぜですか」という詩の一節。読むだけで、痛いほどに暑い。夏ゆえの苦しみまで、伝わってくる。これは、拙作混声合唱組曲「こわしてはいけない」（二〇一六年、音楽センター刊）の第五曲。

夏という季節には、何かが、静かに耐えるように、潜んでいる。北野武監督「あの夏、いちばん静かな海」（一九九一年）は、彼の作品で僕が最も好きなものだが（僕が音楽担当した二〇〇七年の「監督・ばんざい！」よりも）、夏の森閑とした深さを黙ってえぐるような凄みを感じる映画である。

もうひとつ……。僕にとって夏の象徴は、広島市の平和公園のセミの穴だ。ジージーとものすごいセミしぐれが降ってくるいっぽう、地面は穴だらけ。八月六日のあのとき、ジージーも止まったにちがいない。それが戻ってきたのはいつだったか……。セミの声が少しずつ間引《まび》きされ、減っていく夏の終わりの寂しさも、併せて、想う。

〈いつしか　僕は眠つてゐたのだ　覚めたのは　夕方ちかく　まだかなかなは　啼いてたけれど　樹々の梢は　陽を受けてたけど、僕は庭木に　打水やつた〉

中原中也「残暑」という詩の一節。「打水」が「夏」を消す。まさに、終焉《しゅうえん》。

やっぱり、夏の終わりは、寂しい。

（二〇一八年九月二四日号）

後期高齢者

この九月一五日に、僕は「後期高齢者」になった。すごく、とまどっている。自分ではまだ若いつもりだが、これはたいていの人が口にします。そうではなく、病気で小学校就学が一年遅れた幼いころ「二〇歳まではとても無理です」と医者に言われた人間がこんなに生きるとは、まったく予想していなかった、ということ。

（すでにお話しししているが、念のため再度披瀝《ひれき》しておこう――臥《ふ》している幼い僕が眠っていると思ったか、部屋の隅で往診の医者と母が立ち話をしていた。が、実は眠っていなかった僕は聞いてしまった。二〇歳を過ぎるまで、これはある種のトラウマになっていた。）

しかし……とはいえ……それにしても……「後期高齢者」という呼称はイヤですね。穏やかでない。「後期」のあとは何になる？　ＷＨＯ（世界保健機関）は、六五歳以上を「高齢者」としている。日本で人口統計などに用いる公的な区分では、五歳までが「乳幼児」、六～一四歳＝「児童」、一五～三四歳＝「青年」、三五～六四歳＝「壮年」、六五～七四歳＝「前期高齢者」、七五歳以上＝後期高齢者なのだそうだ。

そのあとは、ない。もしかしたら「末期高齢者」とでも呼ぶのだろうか。二〇一七年に一〇五歳で亡くなった日野原重明先生は、前記ＷＨＯの区分は実態に即していないとして、「新老人」という呼称を提唱し、二〇〇〇年九月「新老人の会」を立ち上げた。世界で最も早く長寿国となった日本の高齢者が、世界のモデルとなるべく健やかで生き甲斐を感じる生きかたができるための具体的な提案活動だ、と日野原先生はおっしゃった。同会では、七五歳以上が「シニア会員」、六〇～七四歳が「ジュニア会員」、二〇～五九歳が「サポート会員」である。会員は約六〇〇〇人。うち「シニア」が五八・五パーセント、「ジュニア」が三一パーセント、「サポート」が一〇・五パーセントだという。

実は、今の僕は若いころよりはるかに忙しい。

大学の仕事は終わった。今年（二〇一八年）の四月から「名誉教授」で、つまり勤めてはいない。だが、今月もオーケストラの新作を初演したし、ほかに合唱曲、室内楽曲など何曲も並行して書いている。これから長大なオペラも書かなければならない。原稿も、この「空を見てますか」を含め、幾つかの連載プラス単発のものが常に数本。だが、若いころなかったのは、音楽ホールや音楽祭の仕事だ。館長、監督などを、何か所もしている。世間では定年後で悠々自適が一般的なのに、何歳まで働かされるのか……。

だから、後期高齢者なんて言っておれない。「老人」は差別用語だと言った人がいる（僕はそうは思わないが）。ならば僕も高齢者の区分を提唱しよう。準高齢者、高齢者、超高齢者。いや、こういうのはどう——高齢者序の口、同序二段、同三段目、同幕下、同幕内、同小結、同関脇、同大関、最後は高齢者横綱。

ま、こんなことを言っていてもしかたがない。要するに、悠々自適はまだ遠いのである。

（二〇一八年一〇月一日号）

電気

九月六日午前三時七分、北海道胆振《いぶり》東部地震。ほとんどの人がそうだろうが、僕も東京で、眠っていた。八時ごろ家を出て、東京駅へ向かわなければならない。二日後に初演を控えた新作の、ユベール・スダーン指揮オーケストラ・アンサンブル金沢の練習に立ち会うためである。出かけるあわただしさのかたわら、テレビニュースから目が離せない。何度もお話しししているが、僕は九一年から札幌に家があり、北海道は親しい。自分の家もさることながら、それより、たくさんいる友人知人の安否や様子が気になる。駆けつけたいが、鉄道も空港も機能していないし、もちろん金沢行きをやめるわけにもいかない。

マグニチュード＝六・七。最大震度＝七。想像を絶するものすごい山崩れ。倒壊した家、陥没した道路、断水と停電……。つのる不安のなか、僕は金沢へ向かった。

「3・11」は福島原発。今回は苫東厚真《とまとうあつま》火力発電所から道内へ波及。発電施設が被災すると、現代人の生活が、電気にいかに多くを負っているかが浮き彫りになる。しかし、人類がこれほどまで電気と親しくなって、たかだか百余年ではないか。それまでの、電気と無縁な生きかたが、想像できないほどだ。

とはいえ、電気というものは、百余年前に突然現れたわけではない。BC二七五〇年ごろの古代エジプトの文献（そのころ「文献」があったことに驚愕《きょうがく》！）に、電気を発生させる魚による痛風や頭痛の治療法が記されているという。デンキナマズ、シビレエイといった魚だ。これらの「電気魚」はすべての魚の守護神として「ナイル川の雷神」と呼ばれていた由。古代ギリシャでは、琥珀《こはく》をこすって静電気をつくり、これを「エレクトロン」といった。これが「エレクトラム」という古典ラテン語に、さらに「エレクトリクス」という新ラテン語に転化したらしい。「琥珀のような」という意味だそうだ。ということは、電気のモトは琥珀なのか……。

時代を経て一八世紀中ごろ、ベンジャミン・フランクリン（一七〇六〜九〇年）は、雷のなか凧《たこ》をあげ、雷が電気であることを証明。避雷針を発明した。ほかにも、ボルタ（一七四五～一八二七年）、オーム（一七八九～一八五四年）、ファラデー（一七九一～一八六七年）、ヘルツ（一八五七～九四年）など電気に関わる科学者は多いが、僕たちに親しい名前はやはりエジソン（一八四七～一九三一年）だろう。発電機、電球、蓄音機、映写機からトースターまで、発明の数は約一三〇〇というからすごい。

こういった人たちの存在があって、僕たちは電気のおかげで生活している。電気エネルギーは、運動、化学、磁気、光エネルギーなどへ転換でき、またそれらから電気エネルギーへもたやすく移行できる優れモノなのだ。

今、原発の怖さが世界をおおっている。今回の地震では火力発電所の不備。優れモノだからこそ、電気とのつきあいには慎重の何十乗が必要。あらためて噛《か》みしめる思いである。

（二〇一八年一〇月八日号）

元号

来年（二〇一九年）四月三〇日、「平成」は終わる。平成天皇の生前退位。翌五月一日、現皇太子の天皇即位。だが、新しい元号を、現時点で誰も知らない。来年以後のことを検討したり、決める際、非常に困る。日本の公的機関では西暦ではなく、すべて元号を用いるから。困るということだけでなく、元号はいろいろと不便なことが少なくない。たとえば「大正七年は何年前？」という時、すぐに答えられる？　すなわち一九一八年。ちょうど一〇〇年前だ。二〇一八マイナス一九一八。これは、たまたま簡単。しかし大正―昭和―平成の年数を勘案して即座に答えを出すのは、容易ではない。

しかし「明治は遠くなりにけり」とか「大正ロマン」「激動の昭和」というように、過ぎ去った歳月にある種の雰囲気や色彩が見えてくる、何というか質感は、たしかにある。

そのために元号が存在している、といっていいかもしれない。

元号と天皇の在位が一致するのは明治以降。それまでは、同一天皇の在位期間であっても、大きな災害があったり彗星が飛んで不吉だったりすると、元号は変えられた。だから一つの年号の期間が二年とか、三年……平均して、短い。明治以前の、長かった年号（二〇年以上）は、以下の九つしかない。

天平＝七二九～七四九年の二一年／延暦＝七八二～八〇六年の二五年／延喜＝九〇一～九二三年の二三年／正平＝一三四六～七〇年の二四年／応永＝一三九四～一四二八年の三五年／天文＝一五三二～五五年の二四年／天正＝一五七三～九三年の二一年／慶長＝一五九六～一六一五年の二〇年／寛永＝一六二四～四五年の二二年。

それにしても、元号しか使わなかった昔の人は「あれは何年前か」というとき、五＋三＋二＋三などと急いで暗算をしたんだ……。大変でしたね……。

さて、平成天皇生前退位に関わる話になるが、この連載で天皇について話すのは、初めてだと思う。意識はしていなかったが、もしかしたら、避けてきたのかもしれない。正直言って、昭和天皇に関し、複雑な気持ちだった。僕の大好きな劇作家で、何度も仕事でつきあった宮本研さん（一九二六～八八年）は「あの人だけはどうしても好きになれない」とよく言っていた。「あの人」とは、昭和天皇のことだ。無理もない。研さんの世代は、昭和天皇とあの戦争が完全に重なっていた。「あの人」が軍を煽《あお》ったとは思わない。逆に、軍に利用されたのだと思うが、その地位と力で軍を抑えられなかったことは確かだ。その昭和天皇の罪の償いを、平成天皇はつづけてきたのではないか。沖縄へ、またペリリュー島はじめおびただしい戦死者を出した激戦地へ慰霊と平和祈願の旅を重ねてきたのも、その顕れだと考える。

天皇制に対し、僕はことさら敬ってはいないし、廃止論者でもない。「象徴」というステイタスにこだわってもいない。ただ、天皇という存在は日本人の心をある意味でつないでいる。それは認めていい。だが「元号」はむしろ厄介、と僕は考えている。

（二〇一八年一〇月一五日号）

加藤剛さん　その1

この六月一八日、加藤剛さんの訃報に大きなショックを受けた。八〇歳だった。仕事がら俳優の友人・知人はたくさんいる僕だが、剛さんは特別。初めて会ったのは、たぶん一九七二年だ。僕は、演劇制作組織「五月舎」によるギリシャ喜劇「女の平和」（作：アリストファネス、演出：早野寿郎）の音楽を担当した。芝居の核は文野朋子、宮崎恭子、伊藤牧子らベテラン女優たちで、初日前日の舞台稽古を、その夫君たちが見に来たのである。すなわち、神山《こうやま》繁、仲代達矢、加藤剛さん。壮観だった……。ついでだが、初めて仲代さんに会ったのも、この時である。

剛さんとの初仕事は、七七年劇団俳優座のシェイクスピア「ジュリアス・シーザー」（演出：増見利清）。剛さんはブルータスを演じた（アントニウスは仲代さん）。この時は、僕が書いた音楽に関して剛さんとちょっとした議論（というほどでもないが、この話はあとで）があったので、なつかしい。

つづいて七九年、巨匠・今井正監督の映画「子育てごっこ」。主役は剛さんと栗原小巻さんだった。そのあとも、舞台では「マクベス」「夜明け前」「伊能忠敬物語《ただたか》」など。映画では「ハラスのいた日々」「伊能忠敬・子午線の夢」などさまざまな機会に一緒だった。

忘れられない一件――僕と親しいレコード会社が、ブラームスの歌曲集「マゲローネのロマンス」を朗読入りで制作することになり、剛さんにそれを依頼した。たしか、一九九九年ごろだ。僕を介して依頼したところ、剛さんはとても喜び、かつ張り切った。録音に立ち会ってくれ、と言う。で、そうしたが、それはもう大変な緊張ぶりで、録音にはかなり長い時間がかかった。大ベテランなのにまるで新人のように初々しい眩《まぶ》しさの剛さんに、僕は感銘を受けた。

拙作合唱組曲「悪魔の飽食」のナレーションをやってくれたこともある。ステージでの対談も、たしか三度ほど。ところが剛さんは、毎回その原稿をすべて書いてくる。「フリートークにしましょうよ」と僕が言うと、「池辺さんはそうしてください。私は書かないとダメなんです」。
本番。丁寧な字で書かれた原稿が僕の前にも置かれる。原稿どおりにしゃべる剛さん。僕のところには「池辺：……」とある。問題は、次の剛さんのところ。「加藤：そうなんです」と書いてある。つまり僕は、彼が「そうなんです」と答えるように、話を持っていかなければならないわけだ。ちと厄介。だから「フリートークに……」と言ってるのに……。「超」がつく真面目さなのであった。

二人の息子のうち長男は、サキソフォンで東京音大に入り、副科で僕の作曲のクラスに所属した。彼＝大治郎君は夏原諒《りょう》という名で、また次男＝小治郎君は加藤頼《らい》という名で、俳優として活躍中。その逝去は悲しいが、心は二人の息子に受け継がれている。その人生を僕は、やはり、眩しく見つめるのみだ。（つづく）

（二〇一八年一〇月二二日号）

加藤剛さん　その2

（承前）剛さんは、静岡県の小学校の校長先生のもとに生まれた人。あの謹厳さは父親ゆずりなのだろう。とはいえ、僕が自分の著書をお送りした際などにくれる礼状は、いつもすばらしく、かつウィットに富んでいた。「隣の部屋で、今夜もサキソフォンが泣いています」とあった時は、思わず微笑んだな……。本当に泣いてるんじゃないですよ。楽器の音色をそう表現しているわけ。

そのサキソフォンは、前述したが、東京音大でこの楽器を専攻している息子＝大治郎君だ。「副科」として、僕の作曲のレッスンに来る彼も、きわめて真面目な学生だった。四年間が終わり、僕の家へ挨拶に来た彼。あいにく忙しい時で、玄関先の立ち話になってしまい、彼が持参した小さな包みも、あとで開けることに。のし紙がついている──「ワガシの恩」。中身は和菓子。のし紙のウラには「四年間、ダジャレのご指導ありがとうございました」。最後に、ヤラレタね。

これも前回、あとで話すと約束したエピソード。一九七七年、劇団俳優座のシェイクスピア「ジュリアス・シーザー」の稽古場でのひとこまだ。稽古場と本番の舞台では「尺」(空間の距離、また音楽などの長さのこと)が違うから、映画のように「○分○秒」という音楽は書けないのが演劇。だがこの時は、珍しく本番用の舞台で毎日の稽古をすることができた。「こういう機会に、映画のようにぴたりの尺の音楽を」と、演出の増見利清さんが言う。

芝居も大詰め、アントニウスに追われる負け戦。森の中で、ブルータスは自害する。重々しいモノローグのあと、我が胸を部下に突かせて。このモノローグの始まりから音楽が入り、どんどん盛り上がってカットアウト(突然終わる音楽の切れかた)。その瞬間、突かれたブルータスは無音のなか、スローモーションのようにドゥと倒れる、というプランだ。僕は稽古場へ通い、毎日このモノローグの「尺」を計った。さすが剛さん、毎日ほぼ同じ。僕はその通りに作曲し、録音。翌日、稽古場にテープの音楽が流れた。と、盛り上がって音楽は終わるが、セリフはまだ残っている。「キミ、計り間違えてるよ」と剛さんが言う。

ちがうのだ。音楽が入ったとたん、セリフが遅くなった。僕の音楽に「ノって」しまったのである。作曲家としては、ちょっといい気持ち。しかし、これは剛さんにとって不名誉な話ではない。どんな音楽が入ろうが常日頃と同じにしかできないのは、未熟な役者。剛さんは、音楽を聴きながら芝居をしていたのである。

剛さんの「お別れの会」で、大治郎君は父親の詩を朗読した。一二年前、東京大空襲から六〇年めの日に書いた詩――「三月の祈り」。この詩を、後日、大治郎君から送ってもらった。まさしく、平和を愛した剛さんの詩。いつか作曲したいと僕は考えている。

（二〇一八年一一月五日号）

応えるべき民意

九月三〇日の沖縄知事選で、玉城デニー氏が佐喜真淳氏を破り、復帰後の公選第八代の同県知事に就任した。米軍普天間基地の辺野古移転に反対の立場を明確に掲げての勝利だ。

それにしても、八月八日の翁長雄志《おながたけし》知事の急逝には驚いた。愕然《がくぜん》とした。沖縄の米軍基地問題が、このあとどうなっていくか、正直、不安でいっぱいになった。逝去の一〇日あと（一八～一九日）に、僕は拙作合唱組曲「こわしてはいけない」の練習で沖縄へ行き、沖縄の仲間たちとの気持ちの共有を確認。そして本番の九月二日にはその気持ちをさらに深め、玉城氏の勝利に大きな期待を抱いた。

一〇月一四日、沖縄県豊見城市長選で山川仁氏が、さらに一〇月二一日、那覇市長選で現職の城間幹子氏が当選。玉城デニー氏からつづけて三人、「辺野古新基地を造らせないオール沖縄会議」（通称：オール沖縄）の勝利である。

沖縄の米軍基地問題についてはこれまで何度も触れてきたが、ここでシンプルに原点へ戻ってみたい。沖縄は、先の大戦で一〇万近い一般人の犠牲を強いられた。地上戦があったのは沖縄だけ。ほかは空襲だ。戦後アメリカの統治下がつづいたのは、小笠原と沖縄。小笠原は一九六八年に返還されたが、沖縄はようやく七二年であった。戦後も犠牲がつづいたわけである。そして、犠牲は返還でも終了しなかった。そのあとは周知の通り、日本全土の米軍基地の何と四分の三が沖縄に集中している現状だ。

東アジアの緊張、アメリカとの安全保障条約そして地位協定……そのほか政治的あるいは軍事的な背景が多々あることはわかっている。しかし、そのための対策の多くを沖縄に押しつけていることには、何としても納得がいかない。話が少しずれるが、前述のさまざまな背景の根っこにあるのは「抑止論」だ。

核兵器の登場により「核抑止」あるいは「核の傘」という言葉が生まれた。敷衍《ふえん》して、単に「抑止論」ともいう。紛れもなく、これは二〇世紀の思想。それまで、兵器は「見えるもの」だった。だが、ミサイルや核兵器、化学薬品など、いわば「隠し持つ」ものになり、「持ってるぞ」という意思表示で相手に脅威を与えることにより戦いを抑止するものになった。国家を人間に置換すれば、ナイフを持っていることを互いに表明しておき、顔つきだけニコニコする。偽の友情ではないか。人類は、この愚策を捨て去らなければならない。

平和憲法を擁する日本こそ、抑止論によらない真の平和について、世界を牽引《けんいん》できると思っていた。沖縄の米軍基地問題は、それと完全に逆行するものだ。本来、これまでの犠牲の押しつけについて、国家は沖縄に謝罪すべきではないか。これ以上、犠牲を強いてはいけないことは、自明。「オール沖縄」を選んだ沖縄の人たちの民意に応える対処をしていくことが、現下の日本の政治に課せられた、まちがいなく大きな使命である（付記：この稿を書いたあと辺野古新基地建設の賛否を問う県民投票が決まり、二〇一九年二月に投開票された。その結果については一七四ページの「沖縄県民投票」を参照）。

（二〇一八年一一月二二日号）

データ好き

子どものころから、毎年出る『理科年表』（丸善出版）を愛読してきた話は、以前にした。暦、天文、気象、物理、化学、地学、生物、環境などあらゆるデータが載っている。とはいえ、僕に理解できる部分はきわめて限られており、世界や日本の湖水の大きさ、河川の長さの順位、都市の人口、歴史上の地震の大きさ・震度などに興味を集中させつつ座右の書としてきたのである。

ところでだいぶ前だが、岩手県のアマチュア・オーケストラを盛岡で指揮した。本番前日にリハーサル。ところが、オーボエの二番がいない、ホルンの三番が欠席、ファゴットは一番がいない、などあちこち「穴」があいている。これじゃ困るなぁ、と僕は係の人に言った。すみませんと謝ったあと、彼はこう言うのである——このオケは全県下から集まってるんです。岩手県は四国全体より広いので、集結するのが大変なんです。

ホント？　岩手一県で、香川・徳島・高知・愛媛四県の合計より広い？　そりゃ大変だ、とそのとき僕はただちに納得してしまった。しかし、きちんとデータを調べれば――香川県（全国一面積が少ない）＝約一八七七平方キロメートル、徳島県＝約四一四七平方キロメートル、高知県＝約七一〇四平方キロメートル、愛媛県＝約五六七六平方キロメートルで、合計＝約一万八八〇四平方キロメートル。いっぽう、岩手県＝約一万五二七五平方キロメートル。


違うじゃんか……。四国四県の合計のほうが、少し広い。もちろん岩手県の面積は北海道についで全国第二位で、広いことは広いが、オケに穴があくエクスキュース（言い訳）としては不成立なのであった。

要するにこういうことがデータでわかる。

以下は二〇一六年のデータだが、人口の一位は当然ながら東京都、ついで神奈川県、大阪府の順だ。合計特殊出生率（一人の女性が出産可能とされる一五〜四九歳に産む子どもの数の平均）の一位は沖縄県（数値省略）、二位＝島根県、三位＝宮崎県。一〇〇〇人当たりの

死亡率（同）一位＝秋田県。二位高知県。三位島根県。

ついでに、婚姻率。最も高いのは東京都。一〇〇〇人当たり六・五。二位＝沖縄県五・九。三位＝愛知県五・六。では、一〇〇〇人当たりの離婚率。一位＝沖縄県二・五九。二位＝宮崎県二・〇二。三位＝大阪府一・九九。

少子化の現下に、大切なデータ＝小学生の数。教員一人当たり、一位＝神奈川県一八・四七。二位＝埼玉県一八・四三。三位＝東京都一七・七八。図書館の数。一位＝山梨県、一〇〇万人当たり六五・九。二位＝富山県五五・三。三位高知県五四・九。一〇万人当たりの医師数。一位＝徳島県三一五・九。二位＝京都府三一四・九。三位＝高知県三〇六・〇。面白いのは飲食店数（一〇〇〇人当たり）の一位＝沖縄県七・一八。二位＝高知県六・二九。三位＝東京都六・二二。

そんなこと調べてどうする？　と言われそうだが、何によらず「比べる」ということから浮かび上がってくるものがある。データは役立つ、きっと……。それに、面白い！

（二〇一八年一一月一九日号）

古墳

古墳が好きだ。戦後一〇年以上、疎開先の水戸で育った小学校時代（茨城大学教育学部附属愛宕小学校）、学校のすぐそばに愛宕山という小さな山（標高四〇メートルの由）があり、そこには「愛宕《あたご》神社」があった。一五八〇（天正八）年、常陸国府中（今の石岡市）から遷座したもの。「火之迦具土神《ひのかぐつちのかみ》」という火伏せ（日除け）の神を祀《まつ》っている。で、そこは古墳なのであった。六世紀初めのこの地方は「仲国《なかぐに》」と呼ばれていて、その支配者（国造《くにつこ》）の墓だという。もちろん、子どもとしては、古墳だということをかろうじて知っていただけ。そこは、駆け回って春はウルシにかぶれ、秋は両手をカラスウリでいっぱいに満たすところだった。

とはいえ、古墳に興味は持った。いにしえの人々の暮らしを想像することは、子どもなりに楽しかった。愛宕山だけでなく、その近辺が古墳群なのだと知ったのは、長じてからである。

宮崎県立芸術劇場オープン（一九九三年）から一〇年間、企画などの仕事に携わり、しばしば宮崎へ行った。そんな折に何度か足を運んだのが、宮崎市の西北にある「西都原《さいとばる》古墳群」だ。三世紀前半〜七世紀前半の古墳が三一一基も現存。日本最大の古墳群である。そのただなかに身を沈め、いにしえに思いを巡らせる時を過ごした。

群馬県「笠懸野《かさかけの》文化ホール」。同県笠懸町（現みどり市）にオープンしたのは、宮崎と同じく一九九三年。僕はここの委員も一〇年ほど務めたが、この近くには「岩宿遺跡」があった。一九四六年、黒曜石の石器が発見されたことで、日本に旧石器時代があったことが証明された遺跡である。この辺りにも古墳群がある。

有名な大阪・堺の仁徳天皇陵へは残念ながら行っていないが、すぐそばのタワーの展望台から見下ろしたことはある。

八〇年代の数年間、エジプトの仕事をしていた僕は、ピラミッドをはじめスフィンクスやルクソール、アブ・シンベルなど古代遺跡に親しんだし、ギリシャへも、なぜか四度も行っているので、アクロポリスやエーゲ海の島々の遺跡などを訪ねている。古代ローマや、現在レバノンにあるバールベック遺跡、タージマハルなどインド、万里の長城や兵馬俑《へいばよう》など中国の遺跡にも足を運んだ。ながさき音楽祭顧問をしていた数年前までは、長崎県内の切支丹遺跡や古い教会群、天草四郎らが立てこもった原城跡などを訪ねて楽しんだ。

古墳に限らない。要するに「遺跡」の類が好きなのだ。「廃墟に惹かれる」というエッセイを書いたこともある。とはいえまったく学者的でなく、単なる好奇心。その古墳が誰の墓かということはどうでもよく、その古墳の時代や人々の生きざまを想像するのが楽しい。要するに「人間好き」なのだ。悔しいのは、セミ北海道人（説明略）なのに「江別古墳群」が未体験であること。

北海道にも古墳があることを知らない人も多い。三～六世紀のいわゆる古墳時代ではなく飛鳥～奈良～平安期のもの。ここを訪ね、「人間好き」の満足度を高めたいと思っている。

（二〇一八年一一月二六日号）

音楽の「かたち」

音楽の「かたち」の話をしてみよう。いわゆる「音楽の形式」だ。「ソナタ形式」「ロンド形式」などという言葉を聞いたことがあるでしょ。おっと、ここで勉強会をやろうというわけではない。合唱などで歌う人、ギターやアコーディオン、ピアノなどを弾く人も少なくないだろうから、世の中の音楽理論書や楽典の本に書いてないことをお話ししたい、というわけ。

よく言われるのは「音楽は耳の芸術」という表現だが、「記憶の芸術」と換言したほうがわかりやすい。たいていの歌は一番、二番と、同じメロディが何度か繰り返されるが、これは「記憶」が音楽にとって重要な要素ということの証左だ。

「三部形式」という「かたち」も多い。楽典の本ではたいてい「A―B―A」と示されている。はじめのテーマ（A）のあと違うテーマ（B）が登場し、しかるのちにはじめのテーマ（A）が再び現れる。大切なのは、その「再現」のとき、これは歌っていても聴いていても同様だが、必ずホッとするということ。シンプルな曲でも長大で複雑な曲でも、これは共通している。

では、その真ん中の「違うテーマ」のときはどうなのかと言うと、これは緊張度が高いのである。そんなことはないよという人もいるだろうが、心理の奥底を顕微鏡で見ると仮定すれば、必ず微妙に緊張しているはず。音楽理論では、これを「ドミナント」と称する。逆にホッとする状態は「トニック」。ドミナントを強調したり補助したりするのが「サブドミナント」。学校で「起立、礼！」などというときに流される和音の連鎖は「トニック―ドミナント―トニック」か、ドミナントの前にサブドミナントが挿入されたものかだが、これは音楽のいわばエッセンス。音楽（正確にいえばヨーロッパ音楽）は、この連鎖。どんなに長い曲でも、鎖のような、この連鎖なのである。

よく用いられるのが「ソナタ形式」というもの。まず最初のテーマがあり（第一主題）、次に違うテーマ（第二主題）。多くの場合、この二つは対照的だ。男と女のように。ここまでをずばり「提示部」と呼ぶ。

このあと、二つのテーマは絡み合ったり、変形や分解をされたり……。「展開部」と呼ばれる部分だ。男女間に軋轢《あつれき》が生じたみたいに。しかし、はじめのテーマが戻ってくる（再現部と呼ぶ）。ホッとする。第二主題も戻ってくるが、何と最初の部分では違う調だったのに、今度は同じ調。男と女は幸せに結びついたのである。

「ソナタ形式」は、まるで恋愛小説（悲恋でなく）。加えて、僕はよく考える。人間の歴史みたいでもあるな、と。平和な日々に戦いが起こり、紆余《うよ》曲折《きょくせつ》があって、平和が戻ってくる。さらに大きなスパンでいえば、氷河期―間氷期―氷河期のようでもある。大きな自然の時間形式に組み込まれているのが、僕たちの日々なのだ。平和を願う心の底に、この原理をいつもしまっておきたいと思う。

（二〇一八年一二月三日号）

古い地名

前々回に登場の古い地名、仲国《なかくに》は「なかぐに」ともいうらしいが、いずれにせよのちの常陸《ひたち》だ。古くは「仲」だったことが面白い。なぜなら、そこを流れる川は「那珂川」だし、現在「那珂市」という地域もあるからだ。「仲」が「那珂」に転化したにちがいない。地名の歴史にも、僕は興味を抱いてしまう。

「常陸」は、明治維新後の廃藩置県で「茨城県」となる以前の地名だ。現在、全国に同じ市や町の名前があると、一つ以外には古い国名——常陸、武蔵、上総、会津など——を冠としてつけるのが一般的だ。たとえば茨城県の「常陸大宮」は、埼玉県に「大宮」があるから。東京・世田谷区の「千歳船橋」は、千葉県に「船橋」があるから。「会津若松」は、福岡県北九州市に「若松」という区名（かつては市だった）があるから。サッカーで知られる茨城県鹿嶋市は、かつて「鹿島町」だった。一九九五年の市制施行に際し、すでに佐賀県に「鹿島市」が存在していたため、旧国名の冠をつけるべきだったが、それを嫌い、字を変えた。とはいえ、今もたとえば「鹿嶋市立鹿島中学校」であり、Jリーグ名門チーム名も「鹿島アントラーズ」。奇妙なことだが、そうなのである。

もうひとつ不思議なのは、広島県と東京都の両方に、字が同じで冠もつかない「府中市」があること。市制施行が一九五四年のほとんど同じ日だった。双方譲らず、同一市名という珍しいことになったのであるらしい。

閑話休題。どこの国にも、新旧で地名が異なるところはある。たとえば中国。西安がむかし長安だったことは広く知られている。北京は、燕京だった。瀋陽は、清朝初期には盛京と呼ばれ、のちには奉天だった。

ニューヨークは、一六六四年まではニューアムステルダム。大都市だが首都ではない。しかし、一七八五～九〇年の短い間だけ、首都だった。

いっぽう首都ワシントンＤＣは、西海岸のワシントン州と紛らわしいので、ＤＣ（District of Columbia　コロンビア特別区）を付ける。独立により、アレクサンドリア市とジョージタウン市が統合されて首都になることが決まったが、独立に偉大な功績をあげたジョージ・ワシントンを讃えてこの名称になった。

「コロンビア」は、当時アメリカを詩的に呼ぶ言葉だったという。

ロンドンは古くからこの名だ。漢字では倫敦と書くが、明治のいっとき、龍動と書くこともあったらしい。倫敦と龍動は同じ発音ではない。中国語では、倫敦は lundun で、龍動は longdong なんだそうだ。ま、どうでもいいけど。


地理好きとして、面白がっていることもうひとつ——山口県秋吉台にある鍾乳洞は、なぜ「秋吉洞《あきよしどう》」ではなく「秋芳洞」？

東京・浅草寺は「あさくさでら」ではなく「せんそうじ」、浅間山と富士山信仰の浅間《せんげん》神社《じんじゃ》。全国には、ほかにも同種のところがたくさんある。むずかしいが、面白いなあ……。

（一九一八年一二月一〇日号）

新しい地名

熊谷――地名ではクマガヤ。いっぽう人名はクマガイ。小倉――地名ではコクラ。人名はオグラ。不思議だが、誰も不思議がらない。それが不思議。でも、これは措《お》いておいて、さて、今回は新しい地名の話。

とはいえ、そのためには古い話から始めなければならない。まずは、僕のふるさと。茨城県水戸市。かつて、徳川御三家のひとつ。城下町である。僕の本籍は東京だが、戦争のただなか、母は僕を自分の郷里で産んだ。当時の母の実家は、市内の鷹匠町だったという。タカジョウマチ――水戸藩の鷹匠たちが住んだ地域だったのである。僕にこの家の記憶はないが、水戸の、城下町ならではの町名は、たくさん知っていた。戦後、祖父母が住んだのは馬口労町。小学校卒業時まで、僕はそこでさんざん遊んだ。バクロウチョウだ。

馬の世話、売買などに携わる下級武士の住まいがあった所。しかしそこは、僕が水戸を離れて何年か経ったころ、末広町になってしまった。縁起のいい地名なんだろうが、なぜ末広……？　何のいわれもないのである。

東京には、今も江戸時代のままの馬喰町が残っている。どこかに、博労と書くバクロウチョウもあった。水戸には、ほかにも鉄砲町、大工町、また職業による地名ではないが、楓小路、梅小路、桜小路、柏小路、花小路、桃小路、柳小路などがあった、すべて、間に「ノ」を入れて読む。カエデノコウジ。ウメノコウジ……。梅香という美しい地名も。バイコウである。情緒がただよっていますね。

仕事でたびたび行く金沢市も城下町。ご存知、加賀百万石・前田家の町だ。ここにも、すばらしい地名がたくさんある。市内に残る三つの茶屋街のひとつは主計町。カズエマチと読む。加賀藩士、富田主計《とだかずえ》の屋敷があったことが由来だ。だが、京都には同じ字で「シユケイマチ」がある、ややこしいね。つい先日福井県で、「主計中町」なる表示を見かけたが、こちらは読みかたも由来も知らない。彦三《ひこそ》という地名も、金沢。江戸初期、家康・秀忠・家光に使えた旗本で、弱者を救い大名に苦言を呈した天下のご意見番、大久保彦左衛門を連想してヒコザかと思ったが、ちがった。

全国あちこちに、大学などのある地域名を「文京」と改称した所がある。教育に関わるから「文教」と呼ぶのなら、まだわかる（それも嫌だけど）が、なぜ「文京」？　東京大学の所在地が、東京都文京区だから、それにあやかっているらしい。お手軽だね。

だが、呆れてしまう頂点は、「平成の大合併」で生まれた新しい市の名前などだ。南アルプス市、四国中央市……。

何ですか、それ？　歴史も由来も、情緒もへったくれもない。地名が包含するその土地ならではの多くのものを、僕たちは大切にしたいし、後世へ引き継いでいきたい。いや、引き継いでいかなければ。新しい地名をつける必要が、というケースはあるだろうが、その際、何を考えるべきか考えてほしい。


（二〇一八年一二月一七日号）

マスク

この季節、マスクをかけている人を多く見かける。人に風邪をうつしちゃいかんという人も、うつされちゃいかんという人も。

そんな人に「やぁ、しばらく」と声をかけられ、しかし誰だかわからないことがある。ええと……と首を傾げているとマスクをはずしてくれて「何だ、君か」と、落着。最近のマスクは大きいから、顔の主要部分を隠してしまう。よって、このようなことが起こるわけである。

世界的にはどうだか知らないが、日本でマスクが一般的になったのは、インフルエンザが大流行した一九一九（大正八）年だという。何と……。

来年は「マスク一〇〇周年」ではないか！

しかし、マスクは風邪をひいた時にするものとは限らない。「面」「仮面」もマスクのうちだ。医療用、たとえば手術などの際に医師がかけるのは「サージカル・マスク」。フェンシングやアメリカン・フットボール、野球のキャッチャーなどの選手がかぶる「スポーツ用マスク」もある。剣道の「面」だってマスク（とはいえ「メン！」と言って打つからサマになる。「マスク！」では、ちょっとね）。

ヨーロッパでは古くから「マスカレード」（仮面舞踏会）が盛んである。芝居や文学に華やかなそのシーンが出てくる。ヴェルディにはまさにそのタイトルの有名なオペラがあるし、デンマークの作曲家ニールセンも同名のオペラを書いた。レールモントフ作の演劇のためにハチャトリアンが書いた劇音楽「仮面舞踏会」は、その中の「ワルツ」がよく知られている。浅田真央や織田信成がフィギュア・スケートで舞ったし、平原綾香もカヴァーしましたね。フランスの作曲家プーランクにも、このタイトルのカンタータがある。話が長引いたが、「マスカレード」はマスクをしてのダンス大会だ。

石や鉄の製作工程、また工事の際の「防塵マスク」もある。追加すれば「覆面レスラー」がつけるのもマスク、強盗がつけるのもマスク。

先日、某地方でオーケストラ（N響団友オーケストラ）を指揮したとき、帰りの飛行機の中で、現場でえらく元気がよかった若い打楽器奏者（団員ではなくエクストラ）がマスクをしている。「どうしたの？」と尋ねたら、機内は乾燥するので……と、こともなげに答えた。

そういえば「ハニカム・マスク」というものもあった……。機内で配布する航空会社もある。あれ、はにかんでいるわけではないのだ。呼気のなかの水分を吸着しやすいようフィルターを通して呼吸することで、鼻の粘膜の乾燥を防ぐもの。鼻の前に装着する「鼻枕」というのもありますね。花粉症の人には大切な備品だ。そういえば「アイマスク」もある。「耳マスク」は……防寒具の「イヤーマフ」はあるな……ゴッホの「耳を切った自画像」を思い出す。

実は先日、軽い風邪をひいた。咳《せき》が出る。マスクをすべき。ところが僕はマスク、きらいなのだ。鼻や口の辺りが湿っぽくなって、不快。

でも、人にうつしちゃ、いかん。

仕方ない。マスク、するか……。「マスク一〇〇周年」でもあることだし。

（二〇一八年一二月二四日号）

宣伝嫌い

つい先日、都内江戸川区で僕が指揮した「N響団友オーケストラ・コンサート」は、あちら（江戸川区）の企画で、「どこかで聴いた！」というキャッチコピー。要するにテレビ・コマーシャルで使用されているクラシック音楽を集めたものだった。ヤマダイ「ニュータッチ凄麺」、花王ハミングファイン「オトコ臭にDEO誕生！」のベートーヴェン「交響曲第五番」（通称「運命」）、ソフトバンク「Wホワイト」のチャイコフスキー「くるみ割り人形」から「あし笛の踊り」などとチラシに記されている。で、このオーケストラのコンサートでは、僕は指揮だけでなくトークもするのが慣例。ところが……。

知らない。いや、曲のことじゃない。CM。CMは知らない。ひとつも知らない。そのことに関する話なんて、できっこない。民放テレビを見ていても、CMになると、目を離してしまう。その間、その時やっている何かの作業に戻り、CMが終われば再び画面に目をやる。中学生のころ、人気のCMは一種の流行語で、やたら飛び交っていたが、僕はついていけなかった。みなが口走るのを聞いて、覚えた。その習慣が、今もつづいている。

そのせいともいえないだろうが、およそあらゆる類の音楽の仕事をしてきた僕なのに、コマーシャルの作曲だけはきわめて少ない。いや、やってはいる。仕事の初期に、数回だけ。

好きになれない。その理由は明確だ。ごく若いころの仕事――最初は広告代理店と、どんな音楽にするか打ち合わせ。それにしたがって作曲。録音にスポンサーの人たちが何人か立ち合う。意見を出す。すると、打ち合わせどおりの音楽なのに、代理店の人は突然寝返って、スポンサー側につくんですな。まぁ、この業界では当然なのかもしれないが、僕はこれがイヤになった。今、僕の事務所は、CMの作曲依頼はいっさいお断りしている。

自己宣伝も嫌いだ。「僕にやらせてほしい」とか「この仕事をやりたい」と、これまで言ったことがない。高校二年のとき決めた東京藝大受験でさえ、その時出会った専門家の人がそうしなさいと言ったからだ。考えてみれば、僕の作曲はすべて委嘱。すべて受け身である。もちろん最終的には書きたくて書くのだが、創作家としてこれでいいのか、としばしば自問する。茨城県人の体質か、とも思う。

東京が本籍とはいえ、疎開地で生まれ、一三歳まで水戸にいた。宣伝を好まず、下手なのが茨城人、と子どものころから聞いてきた。同県人がみな同じ体質とは思えないが、今「住んでみたい&行ってみたい県」の全国第四七位（つまり最下位）である茨城県に、そんな傾向があることは否めないかも。

自己宣伝はしないが、仲間とのあいだで自分がひとつの役割を担うことには惹かれるし、それが自分の体質だと思っている。もちろん、広告・宣伝の重要さについてはわかっているつもりなのだが……。ま、そんな作曲家がいてもいいかな、と考える次第。

（二〇一九年一月一・七日号）

ゲーム

新幹線の中で隣にすわった若い人が、ずっとスマホのゲームをしていた。別に、それが気になるわけではなかったが、よく飽きずにつづけられるものだ、と感心した。だって……。僕はどうもダメなのだ、ゲームの類。始めてまもなく、どうでもよくなってしまう。ほかのことをしたくなってしまう。

学生時代、友人たちはしばしば麻雀に興じていた。いつも、誘われた。でも僕はやらないから断るか、あるいは興じている友の部屋で本を読んだり、レコードを聴いたりしていた（麻雀に集まる部屋の住人であるMという友はオーディオ・マニアでもあったから）。「お前が麻雀やったら絶対強いぞ」などと彼らは僕を煽《おだ》てた。僕もその煽てに乗り、一応ルールを覚えた。で、二、三度やってみたら、たしかに、わりあい強かった。だが、ちっとも面白くない。何が楽しいのか、と思った。始めて五分もすると、もうどうでもよくなってしまうのだった。こういうのが一人いると、全員がつまらなくなる。誰も僕を誘わなくなり、でも集うのが大好きな僕は、読書とレコード鑑賞に戻って平然としていた。

二〇代後半のころ、すばらしい作曲家である大先輩、松村禎三さん（一九二九～二〇〇七年）のお宅に、しばしばお邪魔した。作品を評してもらったり、松村さんの新作の構想をうかがったり、その師である伊福部昭先生の深遠な話を聞いたりした。松村さんは囲碁が好きな人で、囲碁がいかに深い世界かについても、よく語った。囲碁をやらない奴は認めない、とさえ言った。ならば僕もやってみようかと思った。麻雀と同じ。覚えて、とりあえずやってみた。

面白くない。

山本直純さん（一九三二～二〇〇二年）や指揮者の小林研一郎さんには、将棋をやれと言われた。だが、これも同様。トランプ・ゲームに少しだけ傾いた時期があったが、やがて興味を失った。どうも、ダメなのだ。いっぽう、身体を動かすゲームは、大好き。相撲、野球、ドッジボール、タッチフットボール（ラグビーと同じだが、危険なタックルを避け背中を突くもの）などには夢中だった。高校時代までだが……。

さて、正月はゲームの日々だ。子どものころは、思い切り興じた——凧《たこ》揚げ、羽根つき、メンコなど戸外の遊びも、独楽《こま》まわし、カルタ取り、百人一首、すごろく、福笑いなど室内の遊びも、よくやったものだ。ババ抜き、七並べ、神経衰弱、ポーカー、セブンブリッジ……あのころはトランプゲームも好きだったな。けん玉は苦手。あや取りは女の子たちに任せていたけど。

シンプルがいい。ゲームは、ルールが複雑すぎたり、機械に頼るとつまらない、と僕は思っている。囲碁や将棋には、今も憧憬《しょうけい》を抱いているが、電子ゲームには興味の片鱗もない。ま、世代なのかもしれないな……。

（二〇一九年一月一四日号）

童謡

僕の子ども時代、「童謡」というものが身近にあった。童謡歌手がいた。川田正子・孝子・美智子の三姉妹、安田祥子・章子の姉妹（妹はのちの由紀さおり）松島トモ子、古賀さと子、小鳩くるみ……子ども雑誌の表紙はたいてい彼女らだったし、安西愛子など「歌のおばさん」も人気だった。もっぱら童謡に携わる詩人や作曲家がいたが、現代音楽の人も童謡を書いた。幼い僕が大好きだったのは、芥川也寸志《やすし》さん作曲の「ぶらんこ」だったし、〽インディアンがとおる、アッホイ、アッホイ、アッホイホイ　は湯浅譲二さんの作曲だった。僕も二、三曲作っている。いっときは「日本童謡協会」のメンバーだった。

幼い僕は、家の書庫にあった『北原白秋詩集』（童謡集だったかも）が大好きで、毎日読みふけり、ほとんど覚えていた。ハードカヴァーの全六巻。松山市の路面電車みたいな黄色とオレンジ色のツートーンカラーの表紙だったと記憶している。

白秋は、自分の詩集の装丁にも凝《こ》り、細かな指示をしたという。二年近く前刊行の岩波新書『北原白秋〜言葉の魔術師』（今野真二著）で、知った。その生まれ故郷＝福岡県柳河（現・柳川市）が好きで何度も訪れている僕は、童謡のみならず白秋の詩を、幼時からほとんど溺愛《できあい》してきた。トンカジョン（＝大きい坊ちゃん）、バンコ（＝縁台）、ノスカイヤ（＝遊女屋）などの、おそらく江戸期に近くの長崎経由で流れてきたオランダ語のがモトの「柳河語」にも精通していた。

国に押しつけられた「文部省唱歌」や自然発生的な「わらべうた」に対し、鈴木三重吉創刊の雑誌『赤い鳥』によって「童謡」が創作されるようになったのは大正初期。西條八十の詩に成田為三が作曲した「かなりや」の発表は一九一九（大正八）年である。ちょうど一〇〇年前だ。「子ども向けだからそれなりに」というそれまでの考えかたを「子ども向けだからこそ質の高いものを」へと転換させた運動だった。

以後、野口雨情、三木露風、阪田寛夫、まど・みちお、サトウ・ハチローら詩人と弘田龍太郎、本居長世、平井康三郎、團伊玖磨、中田喜直、大中恩ら作曲家がコンビを組み、前記童謡歌手たちが歌って、日本の子どもたちを育ててきた。なかんずく名コンビは北原白秋と山田耕筰。この二人の創作の背景を描く「この道」という映画ができた（佐々部清監督、大森南朋・ＡＫＩＲＡ主演）。「童謡一〇〇年」にふさわしい映画。暮れに、僕も観た。

いつのまにか、童謡は消えてしまった。童謡歌手もいない。あかしやの花が咲いていて、白い時計台が見えて、山査子《さんざし》の枝も垂れていて、お母様と馬車で行った「この道」も、もうどこにもないのだろうか。いや、そんなことはない。誰の心の中にも、その人の「この道」があるはずだ。白秋と耕筰がそれを示してくれている。童謡の理念はこれからも生きつづける——そう、僕は思っている。

（二〇一九年一月二一日号）

目を開けて、空を

映画「ボヘミアン・ラプソディ」(二〇一八年、英米合作、監督：ブライアン・シンガー)が話題になっている。「クイーン」の、というより一九七三年結成のこのバンドでリード・ヴォーカルだったフレディ・マーキュリーの生きた記録。といってもドキュメンタリーではなく、俳優が演じるドラマ。僕も、観ました。

大感動！　フレディの歌声に？　その生きざまに？　ロックのリズムに？　何だったろう……。

「クイーン」に、僕は詳しいわけではない。クイーンに少し先行のザ・ビートルズやローリング・ストーンズ(とりわけミック・ジャガー)あるいはエルトン・ジョンのほうが知っている。ミックは、後楽園球場(東京ドームはまだなかった)のコンサートに行っているし、ザ・ビートルズをバロック音楽にLP二枚分編曲したし、ピアノ曲にエルトン・ジョンのタイトルをもじってつけたりした。ピンク・フロイド、キング・クリムソン、EL&P（エマーソン・レイク・アンド・パーマー）、ジェネシスなどプログレッシヴ・ロックも聴いた（はまったというほどではなかったが……）。

イギリスばかりですね……。しかし、かつてはアメリカン・ポップスにもはまった。中学生のころだ。ニール・セダカ、ポール・アンカ、キングストン・トリオ、そしてプレスリー。高校時代はハリー・ベラフォンテに夢中だった。だが長じてからは、どうも、イギリスに傾いていますな。

そもそもロック・ミュージックとは、反体制の主張として登場したのではなかったか。社会的な発言の一つの形態だ。その意味では、六〇年代以降のフォーク・ミュージックに通じる。この「社会的発言」のポリシーを最も明確に具現しているのがブリティッシュ・ロックだと、僕は思う。ついでだが、日本でロッカーとしての発言をまっとうしたのは忌野清志郎だったと考えている。

「ボヘミアン～」のラストシーンは、八五年七月一三日、「一億人の飢餓を救う」というスローガンのもとで開かれたアフリカ難民救済のためのチャリティ・コンサート「ライブ・エイド」。場所はロンドン、ウェンブリー・スタジアム。エイズで自分の余命を知ったフレディが力いっぱい歌う――これが現実か？ ただの幻想か？ 目を開けて、空を見上げるんだ……。曲は「ボヘミアン・ラプソディ」。九一年、フレディ・マーキュリー死去。享年四五。

ロックかあるいは別な種類の何かか、なんて関係ない。ジャンルはどうでもいい。約半世紀――半世紀ですよ――の間、音楽で仕事をしてきた僕が、音楽というものの真の力をあらためて知らされて感動し、観ていて、どんどん涙があふれてきて困るほどだった。それにしても……。

「目を開けて、空を見上げるんだ」――そう、空を見ることですべてが始まる。何を言うべきかも、何をすればいいか、も。二六年前（一九九三年秋）から、不遜《ふそん》ながら僕も、この欄で言いつづけています。空を見てますか？

（二〇一九年二月四日号）

フェイク

このごろ、何てイヤな時代だ……と感じることがあって、それは「ヘイトスピーチ」や「フェイクニュース」などの報道に接した時だ。おそらく僕は性善説信者なのだろう。そんなことを人間がするはずがないと思っていることが裏切られると、そう感じてしまう。

ヘイトスピーチもフェイクニュースも、多くの場合自分を隠蔽《いんぺい》し、SNSなどで弱者を攻撃するずるさに満ちている。ヘイトは「憎悪」、フェイクは「偽物、模造品」のことだ。

「フェイク」という映画があった（一九九七年、アメリカ、マイク・ニューウェル監督）。主演アル・パチーノ、ジョニー・デップ。アカデミー脚色賞を受賞した。マフィアの一家に変名で潜入し、彼らの大量摘発に至らせたFBI（連邦捜査局）の特別捜査官の実録手記に基づくものだった。昨秋（一〇月）のNHKでも「フェイクニュース――あるいはどこか遠くの戦争の話」というドラマが放映された（野木亜紀子作、主演・北川景子）。「フェイク」という言葉が市民権を得ている感じである。

二〇一六年四月の熊本地震の時には、動物園のライオンが逃げ出したというSNSの書き込みがあり、もちろん大ウソだから犯罪として逮捕されたが、こういうことが日常的に起こる世の中になってしまったのである。人をだまして、何が面白いんだろう……。

自分ではウソと気づかずに書き込んだり、無責任に言ったりすることも、結局は「フェイク」だ。それが、正確なことを伝えるべき立場にある人だとすればなおさらである。

二〇一三年九月、オリンピック・パラリンピックを招致するプレゼンテイションで安倍首相は言った。「福島の状況は完全にコントロールされている。私が安全を保証します」――ウソだ。さらに翌年九月、ニューヨークのコロンビア大学で学生の質問に答えた安倍首相は「日本の原発は、世界で最も厳しい基準によって原子力規制委員会が安全と判断したもののみ稼働している」と発言。これに対し、規制委の田中俊一委員長――基準の適合性を審査したのであって、安全とは言っていない。

近くはつい先日、一月六日のNHKテレビ「日曜討論」。辺野古の海への土砂投入に関して「辺野古のサンゴはすでに移してある」と安倍首相が発言。これも、ウソ。移したのは絶滅危惧《きぐ》種のオキナワハマサンゴで、辺野古に群棲する準全滅危惧種のヒメサンゴについては全く手を打っていない。しかもオキナワハマサンゴの移植も、それには適していない季節に実施し、存続が危ぶまれている。これだけ平気でウソをつける人も珍しい。「森友」や「加計」の問題だって、その釈明の正否を疑われるのは、至極当然。

為政者とはフェイクにまみれる種族なり――そんな定義があるのかもしれない。アメリカのトランプ大統領の発言も「信用できない」度合いで日本の首相と肩を並べる。

いやな時代……。つくづく思う。世の中から「フェイク」を、消去したい。

（二〇一九年二月一一日号）

駅伝

冬は、駅伝の季節だ。テレビにかじりつく。駅伝に限らず、陸上競技を見るのは大好きなのである。見るのは、ですよ。自分ではやらない。とはいえ、子ども時代はいろいろやりました。短距離走は苦手。三段跳びと長距離走が好きだった。一応「マラソン」と称した校外の道を走る体育の授業では、いつもわりにいい成績だった。

毎年、まずは一月二〜三日の「箱根駅伝」。正しくは「東京箱根間往復大学駅伝競走」という。前年一〇位までの「シード校」と予選通過の一〇校プラス関東学生連合（五年ごとの記念大会は、シード以外はこの限りにあらず）が争う。今年（二〇一九年）は、青山学院の五連覇を阻止した東海大学が総合優勝を遂げた。

往路五区間、復路五区間。最も短い区間が二〇・八キロメートル。最長は二三・一キロメートル。特に箱根区間で高低差が激しいこの大会に出るのは、鍛えた若い肉体でも大変なこと。僕が何本も仕事をした映画監督の篠田正浩さんは、早稲田の選手として箱根を走った体験を、今でもよく語る――何しろ僕は箱根駅伝のアスリートだからね、と。

駅伝は、今でこそ「ロード・リレー　Road Relay」という国際種目にもなっているが、日本発祥のものだ。一九一七（大正六）年四月二七日に実施された「東海道駅伝徒歩競走」なるものが嚆矢《こうし》だそうだ。京都の三条大橋から東京・上野の不忍池《しのばずのいけ》まで、二三区間五〇八キロメートルを関東組と関西組が競いあった。二七日一四時スタート、ゴールは二九日一一時三四分だった。ちなみにこの時の関東組のアンカーは、今年のNHK大河ドラマ「いだてん」の主人公の一人、金栗四三氏だったという。三条大橋と不忍池のほとりには、今も「駅伝発祥の地」という碑がある由（残念ながら上野にある大学で学んだにもかかわらず、僕は知らないのだが）。

江戸時代の街道には、三〇里ごとに中継所があり、宿泊施設や馬が用意されていた。この中継所を「駅」と言ったのである。この「駅」で交代して書状を目的地へと運んだのが飛脚だった。つまり「駅伝」という名称にはレッキとしたいわれがあるわけ。ちなみに、前述のように今や国際競技だから、国際陸連による決まりがある。それによれば、駅伝はマラソンの距離＝四二・一九五キロメートルを六区間にわけて走るものだそうだ。しかし「箱根」も含め、この規定によらない駅伝はたくさん存在している。

実業団駅伝、中学、高校そして大学の、また都道府県対抗の、さらに車いす駅伝もある。国際陸連規定どおりとは限らない。これらを、僕は楽しむ。観るには当然かなりの時間を要するが、この際そんなことは意に介せず。楽しみは尽きない。

だが、考えてみれば、僕たち一人ひとりも、駅伝を走っているようなものではないか。僕たちはそれぞれの生涯を走り抜き、そして次の世代へとタスキをつなぐ。ちゃんと走らなければ「次」が困る。「駅伝」を観ながら、「個の責任」について考える僕なのである。

（二〇一九年二月一八日号）

不実な政治

防衛省沖縄防衛局が、普天間飛行場の辺野古移設反対者のリストを、警備会社に発注して作らせていた……。二〇一五年のことで、これを翌一六年に地元新聞が報道した。三年前に大問題になっていておかしくないのに、今ごろ話すのも変だが、これは重大なことである。

まるきり、戦前の治安維持法の再現ではないか。「おクニ」に反旗を翻《ひるがえ》す者は、みな「非国民」。「治安維持法」のもとに官憲が取り締まり、弾圧し、捕らえ、凄惨《せいさん》な拷問までおこなった。

この治安維持法の公布は、一九二五（大正一四）年四月二二日。自由主義、共産主義、労働組合、プロレタリア文化運動そして宗教団体の活動まで、弾圧された。その第一条

――国体を変革し又は私有財産制度を否認することを目的として結社を組織し又は情を知りて之に加入したる者は十年以下の懲役又は禁錮に処す。

一九二六（大正一五）年、京都帝国大学、同志社大学など四九校で活動していた全日本学生社会科学連合会関係者が検挙され、最終的に三八名が有罪になった――「京大学連事件」。

一九二八（昭和三年）全国の日本共産党関係者数千人が検束され、うち三〇〇人を検挙、三〇人が収監された（数字は諸説あるが）――「三・一五事件」。

治安維持法は、一九二八（昭和三）年、四一（昭和一六）年と、改正（改悪が正しいが）されていった。一九四三（昭和一八）年四月までに、この法律により検挙されたものは六万七二二三名。起訴された者、六〇二四名。

そして、戦後七〇年以上が経った二〇一七年、国会で「テロ等準備罪」が可決された。これはもともと「共謀罪」という名称だったもの。要するに「未遂罪」である。テロリズムはたしかにあってはならないが、その準備と思われるものを強制捜査できるようにしたわけだ。これを拡大し、みだりに運用すれば、怖ろしいことになりかねない。為政者が都合のいいように解釈し、都合のいいように運用するのが法律である。

であれば、常に真正な判断をする為政者でなければならない。厚生労働省の不正統計が発覚し、雇用保険の過少給付者は何と二〇一五万人に及ぶことも明らかになった。この不始末の真相が追求されていた国会で、答弁者であるべき政策総括官・大西康之氏を、為政者はさっさと更迭してしまった。都合の悪い答弁をさせないためだ。

この前（第一一三四回、本書一六二ページ）お話ししたとおり、政治は「フェイク」だらけ。まして、バレた嘘を糊塗《こと》し、該当者を更迭するか隠し去り、あげく自分たちにとって都合の悪い追及者に対してはリストを作成して監視し、貶《おとし》めるための口実探しに躍起になる――現下のこの国の政治は、レヴェルが低すぎる。何という不実な政治……。国内を、国政へのイエスマン（ウーマンも）で満たそうとすることは、戦前の大失敗を忘却した愚行の極み。真正な判断とは何と遠大な距離か……。今がまだその「芽」なのであれば、絶対にこれを育たせてはならない。

（二〇一九年二月二五日号）

吉田隆子　その1

拙作、混声合唱曲集『わたしの手を組ましめよ』（全音刊）は、中野鈴子の詩による作品である。詩人・中野鈴子（一九〇六〜五八年）については、この連載の第八六三回に書いている（第一一巻、一六〇ページ）。プロレタリア作家・中野重治（一九〇二〜七九年）の妹で、福井の人である。二〇一二年秋に『中野鈴子全詩集』（一九八〇年、フェニックス出版刊）を送ってくれた福井の友人・粟田栄君の一三年二月癌《がん》による急逝に、僕はショックを受けた。さらに話せば、前記拙作は二〇一三〜一四年に書いたもので、畏友《いゆう》・栗山文昭指揮の合唱団「響」が初演し（一曲だけ福井初演も含まれる）、昨秋福井でも全曲が演奏されたが、同地で合唱指導にあたってくれた声楽家・杪谷《ほえたに》恵子さんもその演奏会後まもなく、逝去。僕は、さらなる大きなショックを受けた。

さて、別な拙作合唱組曲「こわしてはいけない」（詩：窪島誠一郎、音楽センター刊）は、二〇一六年の発表以降全国各地で歌われているが、一昨年一二月には「悪魔の飽食・東京合唱団」が、東京の立川で僕の指揮により歌った。その折、窪島さん、音楽評論家の小宮多美江さんと僕で、日本の戦没作曲家について鼎談《ていだん》をした。『歴史を見る、音楽をする――空を見てますか……8』（新日本出版社刊）所載の鼎談である。以前から存じ上げている小宮さんが、吉田隆子に師事した方だったと、この時初めて知った。いっぽう、作曲家・吉田隆子（一九一〇～五六年）のことは、もちろん知っていた。僕がしばしば仕事をする劇団民藝に関わり、名作「火山灰地」などで知られる劇作家・久保栄（一九〇〇～五八年）の妻ということも、詩人で初期の『キネマ旬報』誌との関わりが深い映画評論家・飯島正（一九〇二～九六年）の妹ということも知っていた。だが、その作品については、「君死にたもうことなかれ」という未完のオペラがあるということくらいしか知らない。音楽は、聴いたことがなかった。

という知識の段階で、昨秋、たまたま『抵抗のモダンガール――作曲家・吉田隆子』（田中伸尚著、岩波書店）という本を読んだ。軍人（父は陸軍騎兵大佐）のもと、東京の広大な邸宅で生まれ、育つ。この家は、山手通り（環状六号線）と淡島通りの交差点、松見坂と呼ばれる辺りだったらしい。現在僕が車で都心から帰宅する場合、しょっちゅう通るところである。隆子は、まず四歳から箏《そう》（お琴）を、やがてピアノを習い始める。青山師範付属小学校から、途中で芝の森村学園に転校した、とあるのにびっくり。高校時代、僕は「朝日ジュニアオーケストラ東京本部教室」へ通ったが、その練習場所は森村学園だった。

さらに、僕が四本も仕事をした映画の黒澤明監督も、一年間だけだそうだが、この学校に在籍した由。隆子は一九歳のころから和声学なども学び、フランス語の学校「アテネ・フランセ」へ通う。実は大学生のころ、僕もここへ通った（短期間で挫折したが）。興味深い事柄が次々に出てきて、びっくりの連続。次回に、つづけましょう。

（二〇一九年三月四日号）

吉田隆子　その2

（承前）そのころ隆子は、フランスの作曲家、ヴァンサン・ダンディの「作曲法講義」を原書で読んでいたという。この書、若いころ僕も読んだ。ただし邦訳で。その訳者は、僕の恩師、池内友次郎だ。隆子の作曲活動も始まる。交友関係も広くなったが、僕が驚いたのは、画家・三岸好太郎を知り、同棲しはじめたこと。のちに、退廃的だったと本人が述懐した生活だった。好太郎は北海道の人で、札幌にその美術館がある。もちろん僕は何度もそこへ行っているし、その妻（本妻）、三岸節子の、あれは五〇号くらいのサイズだったか、そしていったい誰の所有物だったか不明だが、一枚の静物画（原画）が僕の育った家にかけてあったのを思い出す。

話が長くなったが、とにかく書物のうえで僕は隆子の活動に分け入り、ＰＭ（日本プロレタリア音楽同盟）の一員として、弾圧を受けながらつづけた創作の軌跡を知る。その活動を僕は、裕福な家に生まれながら革命に身を投じた中国の秋瑾《しゅうきん》（一八七五〜一九〇七年）に重ねていた。隆子はプロレタリア詩人、佐藤嶽夫の詩による「小林多喜二追悼の歌」や、劇作家、中村正常（中村メイコの父）の詩による「ポンチポンチの皿廻し」などの歌曲を発表。そして、これも歌曲だが、中野鈴子の詩による「鍬《くわ》」も作曲している。鈴子についてのこの連載の第八六三回（第一一巻、一六〇ページ）で、僕はこの詩を引用した。それを吉田隆子が作曲していると知り、何としても楽譜を見たくなった。

そこで前記小宮多美江さんにお願いしたところ、音楽の世界社刊の『吉田隆子歌曲集』やヴァイオリン、チェロ作品などの楽譜、そしてクリティーク80編著の『現代日本の作曲家2――吉田隆子』（音楽の世界社発行、光陽出版社発売）という本を送ってくださった。とうとう、吉田隆子の曲に出会えた！

「ポンチポンチは皿廻し　三日月の夜の皿廻し　皿は上手に廻るけど廻るは只の皿ばかし　人は見るだけほめるだけ　たまに笑ってくれるだけ」と始まる中村正常の詩（中原中也ふうの詩で、これ、僕も好きだ）に、レチタティーヴォふうだが印象的な旋律が乗る。歌の伴奏といえばアルベルティ・バス（ドソミソと動く分散和音形）が一般的だった時代に、凝《こ》りに凝った精緻《せいち》で複雑なピアノ伴奏にも驚く。だがそれは、詩の内容の変遷につれ、動きを失って沈黙に至り、歌だけが孤独に進行していく。この「ポンチポンチの～」は、松平頼則、伊福部昭などそうそうたる作曲家たちが、その独創性を絶賛しているが、たしかにその通りである。

そして「鍬」だ。この曲は「道」という四曲から成る組曲のひとつだが、それは初めから企画されたものではない。のち（一九五四年）に、隆子はこう書いている――組曲「道」は、私の一種の道程ともいえるものです。一五年の間に、折にふれて選び出した四つの婦人の詩に作曲したもの、と。では、その楽譜を広げてみよう。

（二〇一九年三月一一日号）

吉田隆子　その3

（承前）歌曲「鍬《くわ》」の歌詞について、吉田隆子が書いている――原曲は「鍬――男声合唱を伴うメゾ・ソプラノのために」であり、一九三二年三月二六・二七日昼夜、築地小劇場におけるプロレタリア音楽家同盟主催、第四回プロレタリア大音楽会で、独唱関鑑子、ＰＭ合唱団によって初演された。詩は、治安維持法で不当にもとらえられていた兄・中野重治を思って、妹・鈴子（初演時の筆名は一田アキ）が書いたものである。――

《横なぐりの雨はホッペタをはじく　腰から下はずぶ濡れ　しびれた足にヒルが吸いつく　山裾の広い田圃《たんぼ》に私一人》と始まる。ピアノの低音の重い持続の上に、「線をふとく」という註釈つきで、中音域で進む歌が乗る。

ところが、手元の『中野鈴子全詩集』にある「鍬」は、次のような冒頭だ。

《雨はひどくなるし　夕方になったのでみんな帰ってしまった　山裾のひろい田圃《たんぼ》にわたしひとり　横なぐりの雨はホホペタをはじく　腰から下はずぶ濡れ　しびれた足にヒルが吸いつく》

かなり違う。隆子はこの違いについて語っていない。編集者である小宮多美江さんの説明がある――詩の中の「わたしの兄さんは牢屋の中」や「牢屋の兄さんへ一直線」は、初版では不安定な政情を考慮して「遠いとこ」になっていた、と。前記の違いも初版と現行の版の差かもしれない。あるいは隆子が作曲しやすいよう詩に少し手を入れたとも考えられる。いずれにせよ、ラスト「私の振り上げるこの鍬は　牢屋の兄さんへ一直線」の、さらに最後の部分は、この曲でここだけ歌とピアノのトップノート（和音の最高音）がユニゾンで、*fff*（フォルテフォルティッシモ）、energico（精力的に）とある。鈴子の詩のこの一行に賭けた隆子の思いが伝わってくる。

「ソナタ――ヴァイオリンとピアノのために」の、太く、たくましく、力感あふれる音楽にも感銘を受けた。実にすばらしい曲だ。

尾崎宗吉（一九一五〜四五年）、鬼頭恭一（一九二二〜四五年）、紺野陽吉（一九一三〜四五年）、草川宏（一九二一〜四五年）、葛原守（一九二二〜四五年）、村野弘二（一九二三〜四

五年）――これら戦没作曲家については、第一〇八〇回「音楽の無言館」で触れた（第一二巻、四〇六ページ）。その回に、戦後自殺した乾春男（一九二九～四九年）のことも話している。さらに大澤壽人《ひさと》（一九〇六～五三年）、須賀田礒太郎（一九〇七～五二年）、江文也（一九一〇～八三年）、呉泰次郎（一九〇七～七一年）、金井喜久子（一九〇六～八六年）……。日本には優れた作曲家がおおぜいいたのだ。

かつての日本の作曲家というと、もっぱら成田為三、弘田龍太郎、本居長世などの童謡、諸井三郎、池内友次郎、橋本國彦などの教育面が焦点になることがほとんどで、もちろんそれらも重要なのだが、総合的な作品を遺した作曲家は、山田耕筰以外やや忘れられた感がある。

吉田隆子はじめ優れた先達の作品を世に知らしめることも、後世の同業者である我々の大切な任務、とあらためて肝に命じている。

（二〇一九年三月一八日号）

沖縄県民投票

辺野古の米軍基地建設に関する二月二四日沖縄県の県民投票は、投票率五二・四八パーセント。そして反対多数。約四三万票だった。

この結果に法的拘束力はないが、建設を促進させたい日米両政府がこれを無視するわけにはいかないだろう。

投票は「三択」だった。結果の詳細は、埋め立て賛成＝一一万四九〇八票。反対＝四三万四一四九票。どちらでもない＝五万二六七六票。「どちらでもない」に票を投じた人は、結果を是認するということだろう。少なくとも、そう解釈されて文句は言えないはず。賛成とは言いかねるが、諸事情ではっきり反対も叫べず「どちらでもない」にしたのだ。つまり「賛成でない」人は、合計四八万六八二五票！

メチャ圧倒的！　県民投票条例では、最多獲得票数が投票資格者総数（Aとする）の四分の一を超えた場合、知事に投票結果の尊重義務が課せられる。A＝一一五万三五九一人。その四分の一＝二八万八三九七・七五人。考えるまでもない。

玉城デニー知事は、日本国首相とアメリカ大統領に結果を通知しなければならない。問題は、通知されたほうが何を、どう思うか、だ。これまでも民意を無視しつづけてきた日本政府だが、これほど数字が明確になっても、同じ態度を継続できるだろうか。加えて、辺野古の基地建設工事の困難さが、さらに浮き彫りになってきた。これまでもいわれてきたことだが、ここに来て辺野古東側海域に、調査すら難しいほどの軟弱地盤が確認されたのである。工事には、途方もなく長い歳月が必要だろうと言われている。工事を継続し、困難さゆえに犠牲者が出たりしたら、政府はどう言い訳をするのか。この地域は、問題が多すぎる。何でそんな所に基地を造らなきゃならんのだ？

民意を無視して工事をつづけ、何年か先に工事中断とか、困難だから別な候補地探しを、などということになったら、もうこれはお笑いだ。やってしまった工事の後始末や、いなくなってしまったジュゴンの行方や、それまでにかかった膨大な費用の整理や補塡《ほてん》は、どうする？
やめるなら、今のうちなのだ。だいたい、民意をないがしろにした政治の行く末がどうなるかは、歴史が十二分に証明している。共和制を否定して暗殺された古代ローマのシーザーを、フランス革命目前のハプスブルク家やブルボン王朝を、辛亥革命に至った清国を想えば明らかだ。もう一度言おう――やめるなら、今のうちだ！

県民投票をめぐる報道で、ひとつ印象に残ったのは、宜野湾市長・佐喜真淳氏の「普天間を置き去りにしないで」という発言。辺野古が新基地建設ではなく「基地移転」であることは、誰もが承知している。今回の「辺野古反対」という結果は、普天間を現状のままで、ということではない。「移転反対」ではなく、「米軍基地反対」なのだ。普天間も辺野古も、要するに米軍基地は要らない！
佐喜真市長、心配しなくていいですよ。

（二〇一九年三月二五日号）

インタヴュー

昨秋以降、インタヴューが次々にあって、ちょっと大変だった、というより、参った。ふだんでもインタヴューは折に触れてあるが、話のナカミがほとんど同じでこれほど連続することはあまりない。新聞、雑誌、放送……。毎度同じことをしゃべるのにやや辟易《へきえき》し、一緒にやってほしいと頼み、唯一、某二紙により実現したが、ほかはみな別々だった。文化庁創立五〇周年記念表彰、第四八回JXTG音楽賞（前エクソンモービル音楽賞）、文化功労者とつづいたためだが、年が明けてしばし、この喧騒《けんそう》もようやく落ち着いた感がある。

とはいえ、これらはとりもなおさず自分の「来し方」を振り返り、考えることでもあった。ふだん漠然と考えていることを、はっきりと他者へ伝えなければならない。なぜ音楽をやっているのか、その意味は何か、なぜそうなったのか……。

それにしても、自分の仕事についての今回のような機会だけではない。過去、それもかなり古い記憶をたどらなければならないインタヴューもある。

主なものは、三種。実は、つい先日もそのひとつがあった。「黒澤明」である。その三〇作の映画作品のうち、四本の音楽を僕が担当した。スタッフからキャストまで、ひとつの映画のチームを、監督の名を冠して「〇〇組」と呼ぶが、「黒澤組」のスタッフでは、僕が一番若かった。一九九八年、黒澤監督逝去。そのあと、監督補（「ゴジラ」の監督でもある）の本多猪四郎さん、美術の村木与四郎さん、カメラの斎藤孝雄さん、照明の佐野武治さん……亡くなってしまった。黒澤組で今も達者なのは、九〇歳前後の録音・紅谷愃一さん、同じく制作助手・野上照代さん、八〇歳を越えたカメラ・上田正治さんと、かなり歳下の僕くらい。黒澤監督の生きた声を伝えることができる人間は稀少だ。それゆえ、黒澤監督関係インタヴューが今もつづいている、というわけ。

そして、「なぞの転校生」。一九七二〜八三年NHKは「少年ドラマ」というシリーズをつくっていた。おそらく三〇本くらい制作されただろう。週に四日、夕方放映。三、四回から長いものは二〇回ほどの連続ドラマだったが、僕はそのうち四本、音楽を担当した。七六年「いつわりの微笑」（原作・津村節子）、同「風の又三郎」（宮沢賢治）、八一年「おとうと」（幸田文）だが、最初は七五年の「なぞの転校生」（眉村卓）だった。このドラマの人気が高く、ずっとあとまで尾を引き、インタヴューが何度もつづいた。

もうひとつはアニメーション「未来少年コナン」。現在スタジオ・ジブリ。当時は「日本アニメーション」で、宮崎駿さんの初監督作品。この音楽を僕が担当。はじめＮＨＫ、以後、民放各社で放映された。主題歌二曲のみならずＢＧＭのＣＤもリリースされ、この人気も長くつづき、やはり何度もインタヴューが……。

一種の「証言」である。時が経ったが忘れちゃダメ、と言われている気がしてしまう。

（二〇一九年四月一日号）

異分野とのコラボレーション

「世田谷区文化財団音楽事業部」の主催で、エジプト考古学者の吉村作治さんとトーク・コンサートをおこなった（三月一六日、北沢タウンホール）。これは、区に音楽事業部ができて僕が監督に就任した二〇〇七年からつづけている「異分野とのコラボレーション」と題するシリーズ企画の一二回めである。それぞれの分野のエキスパートと、その時々のテーマに即した話をし、その話に関わる音楽をナマ演奏する。音楽はあらゆるものと関わる、という僕の持論に則《のつと》って。

うち三回が「美術と音楽」で、トーク相手は元国立西洋美術館館長・前文化庁長官の青柳正規氏。彼はギリシャ・ローマ等の考古学の権威でもあるので、それぞれローマ、ギリシャ、オスマン・トルコ、オーストリア（ハプスブルク家）がテーマ。しかし彼は、僕としかいない。

高校時代同じクラスだったのだ。毎年クラス替えがあるのに三年間同じだったのは、数人

「演劇と音楽」では、江守徹氏。文学座を中心に、芝居の仕事でたくさん協働した。俳優として、演出家として、劇作家として……。つきあうたびに、同じようで違う江守氏だった。酒を飲み交わした回数も数えきれない。「映画と音楽」では、無名塾の舞台や映画でご一緒してきた仲代達矢氏、僕にとっては幼いころからの親しい姉さん、本名池辺香子(もちろん結婚前の名前)だが女優の香川京子さん、僕が四本も仕事をした黒澤明監督のご子息とお嬢さん＝久雄氏、和子さん。

「落語と〜」ではモーツァルト好きで知られ、僕とは旧知の柳家小三治師匠。「詩と音楽」では、作家にして詩人、たくさんの仕事を一緒にしてきた親友・池澤夏樹氏。

「料理と音楽」では、これも旧知、音楽好きの料理研究家・山本益博氏とソムリエ・田崎真也氏。

「シェイクスピアと音楽」では、英文学者で演劇評論家・小田島雄志氏。その翻訳によるシェイクスピアに、僕はいったい何本作曲したことか……。ひそかに僕が「シャレの師匠」と仰ぐ方でもある。

「スポーツと音楽」では、スポーツ評論家・玉木正之氏。オーケストラの指揮をしたり、マーラーについての本まで出しちゃったり……。そしてプロのフィギュア・スケーターで解説者でもある八木沼純子さん。これまでの全回を通じ、ただ一人の初対面者。「建築と音楽」では、建築家の友人・澤岡清秀氏。音楽好きで詳しいし、奥方は俳優座の女優・香野百合子さん。僕は、ジュリエットやオフィーリアほか、たくさんの彼女の役に作曲してきた。

そして今回の、吉村作治氏。半世紀以上もエジプトで発掘をつづけ、数々の大きな業績を成し遂げてきた。その高弟たちも含め世話になり、古代エジプトについてさまざまな、そして深い話を聞いてきた。八〇年代の数年間、かの国への日本のグラント（無償援助）によるオペラハウス建設に関わる仕事をしていた僕が、同い年の彼と親しくなったのは当然すぎるほど。その話を、次回に。

（二〇一九年四月八日号）

音楽と結びつくもの　その1

前回お話ししたように、世田谷区音楽事業部は、音楽と異分野との関係にもとづくトーク・コンサート企画を、一〇年以上つづけてきた。どんな分野でも、何かしら関わる音楽がある。たとえばつい先日の「エジプト、クレオパトラと音楽」では、ドビュッシーのピアノ曲「前奏曲集Ⅰ・Ⅱ」から「デルフォイの舞姫」「エジプトの壺」を、ピアニストの大須賀かおりさんに弾いてもらった。そして一九八八年の拙作「タンブリンとピアノのための三つの小品」。打楽器奏者・安江佐和子さんによる、踊る蝶のように華麗な演奏。ピアノは前出、大須賀さん。

さらに、二〇〇三年に栗山文昭さんの指揮で初演した僕の無伴奏合唱組曲「古代エジプト恋愛詩集による五つのマドリガル」。藤井宏樹さん指揮の「Ensemble PVD」。若く優秀なメンバーによる圧倒的な演奏だった。本当は、ヴェルディの傑作、オペラ「アイーダ」をやりたかったが、コンサート規模の関係で、これは無理。でも、選曲には困らなかった。アンコールでは、大須賀さんと僕のピアノ連弾で、ドビュッシー「六つの古代の墓碑銘」から、「エジプト女のために」を聴いてもらった。前記「タンブリンと〜」の作曲経緯は、第六巻一四三ページ「我が家のエジプト発掘」に書いているが、再度。

八〇年代、僕は仕事でたびたびエジプトへ行っていた。カイロ交響楽団の若い打楽器奏者Y・H・モワッド君が、ある時僕のホテルへやってきて、タンブリンの曲を書いてくれと言う。断ったら、あなたはタンブリンを知らない、実に多様な奏法があるのだ、と僕の部屋でデモンストレイション。わかった、では次に来る時までに書いて持ってくると約束。しかし日本へ帰ると忙しくて書いておれない。

カイロへ行くと、案の定催促。じゃこの次までに……。これが繰り返され、僕の仕事も終わり、という時、とうとう滞在中に書くということになってしまった。カイロに一か月くらいいたと思う。ホテルで書き上げた。楽譜を取りに、僕のホテルへやってきた彼と、コピーをとるため街へ出る。雑踏に消え、どこかでコピーをとってきた彼の手に板チョコが三枚。「作曲のお礼」と、それをくれた。作曲料はチョコレート——類例のない体験だった。

さて、それから歳月が経ち、二〇〇三年。著名な打楽器奏者の友が、どこで知ったかこの曲をやりたいと言う。ところが、どこにしまったか、楽譜が見つからない。部屋中の段ボール箱を発掘するが、ない。督促の電話が来る。もはや、新しく書いちゃうか……。「捏造《ねつぞう》」という言葉が脳裏に浮かんだ。と思ったら、見つかったのである。だが、モワッド君にコピーを渡し、原譜を持ち帰ったという僕の記憶は逆で、手元にあったのは消えかかった青焼きコピー（知ってます？　昔のコピーだ）。いつも仕事をしている写譜屋に「復元できる？」発掘・捏造・復元——こりゃほとんど（問題点も含め）考古学の世界の話じゃないか……。（つづく）

（二〇一九年四月一五日号）

音楽と結びつくもの　その2

（承前）というわけで、「タンブリンとピアノのための三つの小品」は、ようやく見つかり、その後は何度も演奏されている。で、「エジプトと音楽」ではできなかった「アイーダ」。このオペラは、そもそも一八六九年カイロに建てられたオペラハウスのために、ヴェルディが委嘱されたもの（異説あり）。このオペラハウス建設は、スエズ運河開通記念だった。当時のエジプト総督はヴェルディ信奉者だったという。しかし「アイーダ」の作曲は遅れ、こけら落としは同じヴェルディの「リゴレット」。「アイーダ」初演は二年後、一八七一年になった。

だがこのオペラハウスは、「アイーダ」初演からちょうど一〇〇年の一九七一年、火事で焼けてしまう。エジプトはこれをひどく惜しみ、同国大統領ムハンマド・ホスニ・ムバラク（二〇一一年に失脚）は、訪日を機にグラント（無償援助）によるオペラハウス建設を日本に要求。グラントは、道路や病院、学校の建設などに決まっていたから、そんな贅沢物なんて……と日本側は戸惑ったものの、受諾。僕の仕事はこの建設に関わるものだった。カイロでの企画会議で、日本からの（当時の）建設省や外務省の役人は、オペラハウス内に英会話や手工芸の教室をつくることを提示し、エジプト側はそんなものは別につくればいいからバレエのリハーサル室を完備してほしいなどと応じる。グラントである以上、日本としてはカルチャーセンター方式にしたかったわけだ。結局はエジプト側の希望を受け入れ、完全なオペラハウスを建設することになったが、日本との音楽的な交流が前提になる。

それが僕の仕事の核。日本からの指揮者や演奏家とともに頻繁に行っては「日本音楽週間」などを催した。最後は、八八年の開館こけら落とし。僕はバレエ曲を作曲。その台本は、以前から僕と親しく、何作かでコンビを組んでいた霞完《かすみかん》氏。この方は本名を中江要介といい、当時の駐エジプト日本大使であった。したがって、訪埃《ほうあい》の折、場合によってはホテル滞在ではなく大使公邸に下宿をした。話を戻せば、カイロのオペラハウスのこけら落とし作品の初代はヴェルディのオペラ、二代目は僕のバレエ曲ということになるわけである。

さらに話を戻して、音楽にとっての「異分野」だ。第一〇四九、一〇五〇回「コンクールについて」(第一二巻、三一三ページ)で、二〇一七年直木賞の恩田陸の小説『蜜蜂と遠雷』に関連してお話ししたこと――一九世紀ドイツの音楽学者ハンスリックは、音楽は他の何ものとも関わらないと主張したが、日本では古来音楽は必ず音楽以外の、演劇や語り、舞踊などとともに鑑賞されてきた。音楽を聴いて音楽以外の何かを想うことに、日本人は長《た》けている、というのが僕の持論だ。

だから、世田谷のシリーズ企画として「異分野とのコラボレーション」というトークコンサートをつづけたい、と僕は考えている。アイディアは、まだまだ尽きない。

(二〇一九年四月二二日号)

音楽の力

前回からつながる話なのだが……。

黒澤明監督が、音楽担当者としての僕に言った言葉をお伝えしたい。これはたしか「影武者」のとき、つまり初めて僕が黒澤組（映画界での用語である）に参加したときのこと。「音楽として十全なものを書かないでほしい。何か足りない音楽を書いてくれ。その代わり音楽が必要なところは、自分も何か足りない映像を撮るのだから」

これは、名言だと思う。最近、テレビを見ているとしばしば感じることだが、ドラマやドキュメンタリーで、音楽がうるさい。レヴェルの問題ではない。セリフやナレーションより音楽のほうがモノを言っている――すなわち主張が強い。すると耳が、音楽のほうを捉えてしまい、肝心のセリフやナレーションを聞き逃す――あ、今、何て言ったのかな？

音楽がモノを言いすぎてはいけないのである。僕たちの世界のスラング、つまり業界用語では「アリモノ」というのだが、たとえばクラシックの名曲が安易に使われていることがあって、そういう場合にことさらに感じる。

これは、視聴者がたまたま専門家（たとえば僕）であるからではない。集中して番組と対峙していればそうなるはず。そのくらい、音楽は強いのである。黒澤監督はそのことを熟知していた、と四本もおつき合いして、僕は実感していた。


幸せなことだったとつくづく思うが、幾人もの優れた演出家と仕事をすることができた僕は、音楽家でありながら、さまざまなシーンで音楽の強さについて教えられてきた。「佐渡國鬼太鼓座」「練習帆船日本丸」「瀬戸内少年野球団」「少年時代」「瀬戸内ムーンライトセレナーデ」「スパイゾルゲ」——篠田正浩監督とは六本も協働したのか……。ドラマでもドキュメンタリーでも、その中身には複数の要素（たとえばAの要素、Bの要素等々）がある。音楽録音のとき「この音楽はB側の曲想だと思うが、Aにすべきじゃないか?」などと篠田監督は言うのだ。音楽次第で映画のコンセプトが左右されてしまう、そのくらい音楽は強いことを、よく知っているのだ。

「復讐するは我にあり」「ええじゃないか」「槍山節考」「女衒《ぜげん》」「うなぎ」「赤い橋の下の

ぬるい水」――今村昌平監督とも六本だったか……。今村監督は、音楽録音の何日かあとに、僕の音楽について真剣な議論を吹きかけてきたりした。いつも電話で、しかも早朝。参ったな……。だが、音楽の重要性を知っていたからこそだ。

演劇で、それこそ何十本も仕事をした木村光一さんは、「演出で迷っていても、音楽録音で決まる」と言った。こんな音楽であるなら、演出はあれで行こう！　ということになるというわけ。こちらの責任は重大である。

歌っている皆さん、音楽はこれほどまでに強いものなのですよ。それを信じて「音楽して」ください。ただし適当にやれば適当な結果しか生まない。責任を持って、です。

（二〇一九年五月六・一三日号）

海外で公害

インドネシア中ジャワ州バタンで、石炭火力発電所が建設中だ。出資はJ－POWERと伊藤忠商事で、出力は二〇〇万キロワット。日本政府が全株式を保有する国際協力銀行（JBIC）が、これに融資をしている。

海岸の建設工事で浚渫土《しゅんせつど》が出るのは当たり前だ。ここは漁業地域なので、それに影響がないよう、浚渫土は二〇キロメートル沖合の海に投棄することになっていた。ところが実際は、沿岸に近い場所に不法投棄していた。そのため、土が絡まって漁網が破損したり、土の重みで網が引き上げられなかったり、ということが起こり、漁獲量が減少。のみならずサンゴ礁など海洋生態系にも悪影響が生じた。

このため、三月一八日、日本のNGOは前記JBICに対し、融資を停止するよう要請書を提出した。よかれと考えて実施している日本の援助事業なのではないかと思うが、それがまったく逆の結果を生んでいる。事業の周辺を、日本政府はきちんと考えているのだろうか。

日本政府の思慮分別に疑問を持つのは、何も海外でのことだけではない。福島の現況に関しても、理解に苦しむ。この三月末で、福島県南相馬市、浪江町、川俣町、葛尾村、飯舘村からの避難者の仮設・借り入れ住宅提供が打ち切られた。低所得者向けの家賃補助も打ち切りである。来年三月には、帰還困難区域からの避難者二七〇〇世帯以上への仮設・借り入れ住宅提供も打ち切られるという。区域外避難者への住宅提供は、すでに二〇一七年三月で終了している。

いったい何を基準に、また何を根拠に、これほどの乱暴な施策をとるのか。月収二〇万円以下の世帯が過半数、一〇万円以下は二二パーセントにのぼるというのに……。

再び海外についてだが、日本の原発輸出に関して、世の中の批判がさほどでないことが不思議。いわゆる「核のゴミ」(放射性廃棄物)や、いったん事故があった場合の恐ろしさだけを云々しているのではない。あれほどの大事故を体験し、原発の怖さを世界に発信しなければならない日本が、原発から抜け出せないのはなぜか。いや、依然として原発に頼り、しかも輸出までしているのはなぜか。それは、原発の影に巨大な利権構造が隠れている、ということだ。一度導入してしまうと経済そのものが原発依存型になり、そこから抜け出せないのだ。この現状、唖然《あぜん》としてしまうが、もっと批判が集まってしかるべきだ。

現下の利益――はっきり言えば国益だけを優先する政治ではなく、人類全体にとっての遠い未来まで見通せる政治家が、どうして現れないのか。先般亡くなったイギリスのホーキング博士の言葉を、またも想起する。人類の営為により、地球はやがて滅びる。それははるか先ではなく、その時期まで残り一〇〇年はないだろう。

自国民さえ救いきれないのに、加えて海外でまで公害を生み、被害を与えている日本。残り一〇〇年という言い方さえ、もしかしたら甘い考えかもしれない。

（二〇一九年五月二〇日号）

日本の海外援助

前回につながる話で、またもインドネシア。西ジャワ州のインドラマユ石炭火力発電事業の拡張計画が進められている。JICA（国際協力機構）の円借款《しゃっかん》により、ODA（政府開発援助）の一環として行われているものだ。しかし、この計画により農地が奪われて耕作ができなくなり、困窮した小農らが反対運動を起こした。それが冤罪《えんざい》で逮捕・勾留されるなど、ひどい人権抑圧を受けている。立ち上がった現地の人権活動家へのインドネシア政府による弾圧もつづけられている。

このほど、この小農団体のメンバーや、現地のNGOスタッフが来日。先日（四月一三日）、東京の法政大学市ヶ谷キャンパスで「環境と民主主義――インドネシア農民が語る弾圧・人権侵害と日本の開発援助～インドラマユ石炭火力発電事業から生活を守るために」と題する報告会が行われた。僕はこの日、仙台で仕事があり、残念ながら参加できなかったが、日本のインフラストラクチャー輸出や援助の結果、世界各地で何が起きているか、おおいに気になっていた。

先般この欄でお話しした、八〇年代の僕のエジプトでの仕事が根底にある。僕自身も日本のグラント（無償援助）によるカイロ・オペラハウス建設に関わるものだったが、たびたびのエジプト滞在をとおして、現地に派遣されているJICAの人たちとよくつき合ったのである。僕も若かったが、JICAの人たちは好青年ばかりだった。「TOKYO」という吉村作治さんの弟がやっている食堂というか、飲み屋というか、でよく語り合ったものだ。当時、オペラハウスだけでなく、日本は病院や道路などの建設にも携わっていた。日本の援助でカイロにできた病院が、日本が手を離したとたん、うまく機能しなくなり、現場のエジプト人スタッフとさまざまな軋轢《あつれき》が生じたというようなナマナマしい話も聞いた。

つまり、つくればいいということではない、開発援助ということは口で言うほど簡単なことではない、ということを僕なりに理解してきたと思うのである。

しばしば、こんなことを考える。よく開発途上国というが、何を持って「途上」というのだろう……。西欧的価値基準、そして経済ということが物差しになっているだけではないか。世界中それぞれの地域に、それぞれの価値基準やそこで充足している経済が存在しているのではないか。それを無視あるいは混乱させ、ひと言でいうなら「上から目線」「こちらがやってやる」という姿勢になっているのではないか。

前回の話は漁民、今回は農民。彼らこそ真の当事者である。その人たちとの接触や話し合いを避けて進むわけがない、と考える。繰り返しになるが、現地にいるＪＩＣＡなどの面々は、本当に一生懸命だ。それを、いわばリモートコントロールする日本政府が、深い思慮と真の透察力を持たなければならない。これは、根本的な問題だと考える。

（二〇一九年五月二七日号）

どこから来たのか　その1

アメリカのテレビドラマ「ルーツ」が話題になったのは一九七七年。root（ルート）は植物の根だが、複数のroots（ルーツ）は、先祖・始祖・出自の意になる。A・ヘイリー原作の小説にもとづく「ルーツ」は、奴隷制の時代にアフリカのガンビアで生まれた黒人クンタ・キンテに始まる親子三代の物語。日本でも放映され、「ルーツ」のみならず「自分史」「個人史」などという言葉も流行語になった。ふだん自分史についてさほど関心がない僕も、三〜四代くらい前へは、遡ってみようかという気になった。

我が家のルーツは、大分県である。ということは、親から聞いていた。だが、詳しいことにはまったく無知だった。大分で合唱をしており、拙作、混声合唱組曲「悪魔の飽食」を通して知己である森典正さんが資料を送ってくれたのは、もう一〇年近く前だろうか。

僕の名が「晋三郎」、僕の父＝栄が「来」になっているなど間違いもあるが、古いところは僕も知らないから、これを参照する。記述の始まりは、僕も名前だけは知っていた池辺田邨《たむら》。

一八三七（天保八）年に豊後国（のちの大分県大分郡）木ノ上村内稙田《うちわさだ》に生まれた池辺田邨は六歳の時父を失い、母の手で育てられた。母は歴史書を読み聞かせ、尊皇愛国を諭した。一八五三（嘉永六）年、ペリーの艦隊がやってくると、起ちて攘夷《じょうい》を唄い、京や長州で勤皇の士と交わった。幕末に囚われの身となるが、大政奉還後赦免された。田邨には嗣《し》子がなかったので、養子を迎えた。

これが池辺棟三郎で、東大医学部を卒業。一八八七（明治二〇）年、大分県立医学校付属病院副院長となり、そのあと東京に出て、大正天皇の侍医頭《じいのかみ》に任じられた。田邨には女子もいて、名はみさお。結婚した夫は瓢平といった。その後も池辺の姓がつづくから瓢平は婿養子だったのだろう。士族の称号を断ったという話を中学生のころ聞いたが、それは棟三郎か瓢平なのではないかな。よくわからないまま、この話を誇りに感じる当時の僕だった。

棟三郎の子が稲生。僕の祖父である。池辺稲生の弟が哲。その娘が香子で、芸名を香川京子という女優になった。稲生は東大を出て創成期の東急電鉄に入社。副社長を務め（社長は五島慶太という著名な人物）、東急が四社（東急、京急、京王、小田急）に分かれた時の小田急の責任者になる。同線の始発を新宿にしたのは稲生だという。稲生は母親と同じみさをという名の妻を娶《めと》り、六男一女を儲けた。長男＝展男《のぶお》と三男＝穣《ゆたか》は地質学者、四男＝陽《きよし》は建築家、五男は幼時に死去、六男＝泰は数学者で証券会社勤務。次がようやくの女子＝妙子は眼科医。一人だけ親を継いで電鉄会社に入ったのが次男すなわち僕の父＝栄。

というわけである。古いところは依然として不明だが、こうして記してみて、自分がどこから来たのかがおぼろげながらわかってきたような気がする。しかし母方をおろそかにしてはいけない。その話と、前記伯父・叔父・叔母から僕が受けた影響について、次回に。

（二〇一九年六月三日号）

どこから来たのか　その2

（承前）母の旧姓は「樫村」である。茨城県北部、高萩の出だと聞いた。僕は病弱で就学が一年遅れたが、そのまま小学校卒業まで疎開地の水戸にとどまることになる。水戸には、母方の祖父母（樫村四郎・正子）がいた。四郎は戦後、事業に手を出しては失敗を繰り返したらしい。正子は生計に困り、菓子屋を営み始める。「利久」という店で、僕はそこでよく祖母に飴玉をもらったり、饅頭の仕入れを手伝ったりした。

そのころ祖父母の家には、戦前からの家政婦であった「イーちゃん」が出入りしていた。ほんとうは石川富という、母と同い年の女性で、僕は母よりこの人になついていたらしい。だがそのうち、なぜか知らぬが祖父母とイーちゃんの関係は悪化し、僕は彼女に会えなくなる。小学校で遊んでいると、グランドの端に立ってじっと僕を見つめているイーちゃんがいたりした。のち、東京暮らしになってからも、時折水戸へ行くと、僕はこっそりイーちゃんを訪ねた。優しい人だった……。

祖父は旧姓を小泉という婿養子だった。祖母の樫村家は、ある程度の素封家だったようだ。小学校時代、茨城県北部の水力発電所へ見学に行ったことがあるが、そこは祖母の父親が始めた会社だと聞いた。母・綾子は長女で、東京YWCAで学んだクリスチャン。素人ピアノを弾いた。ショパンの「幻想即興曲」とグリーグの「春に寄す」ばかりが印象に残っている。大きくなったらグリーグのピアノ協奏曲を弾いてね、と子どものころ僕はいわれたものだ。これは、実現に至らず。とはいえ僕が勝手に触り出したのは、この母のピアノ。家にこの楽器がなかったら、今の僕はあり得なかった。

母には定嗣《さだつぐ》という弟がいて、僕の幼いころはまだ東北大学の学生。水戸に帰省すると、アコーディオンの手ほどきをしてくれたりした。ピアノも弾いたようだ。今も手元にあるショパンの楽譜は、この叔父にもらったものだ。理工科出身なのに銀行勤めをし、姉つまり僕の母より早く他界してしまった。

父方の話の追補――父の弟（四男）の陽《きよし》叔父にもらったベートーヴェンのピアノソナタ全曲の楽譜も、未《いま》だに僕の楽譜棚にある。東大時代、学生オーケストラでフルートを吹いた。そのSPレコードがあったが、そこに付けられていたメンバー表には、柴田南雄、入野義朗、戸田邦雄など、のち日本音楽界の中枢になった人たちの名があり、驚愕《きょうがく》したものだ。

この陽叔父は東大教授で建築家だったが、在職中に死去。父の兄＝展生《のぶお》は京大を出た地質学者で、市立阪大理学部長などの要職にあったが無類の音楽好き。往年の名指揮者フルトヴェングラーに精通していた。よくスコアやLPレコードをくれた。三男の譲《ゆたか》叔父も地質学者で、展生の生徒。京大で兄弟に師事、ということになる。

少し話が逸《そ》れたが、要するに「ルーツ」。僕はどこから来たのか、という顚末《てんまつ》でした。

（二〇一九年六月一〇日号）

学校給食　その1

皆さん、学校給食はおいしかったですか？　昼食時間は楽しかったですか？　それは、小学校の時？　それとも中学校？

たまたま横浜市を例にとるが、ここは給食は小学校だけで、中学校はないそうだ。全国的には、小・中学校に給食があるのが一般的みたいだが、それはいつごろから？　僕のころはどうだったたろう……。

日本の学校給食の嚆矢《こうし》は、一八八九（明治二二）年、山形県鶴岡町（現鶴岡市）の私立忠愛小学校における貧困児童を対象にしたものだという。資料によれば、おにぎりと菜の漬物、そして切り身の塩鮭。やがて給食は広がっていき、一九三二（昭和七）年、貧困児童救済のための「学校給食臨時施設方法」として国庫補助を実施。一九四七（昭和二二）

年には全国の都市の児童三〇〇万人のための給食。一九五二（昭和二七）年四月には全国すべての小学校で給食が実施されるようになった。僕が小二になった年だ。定番はコッペパン、ジャム、脱脂粉乳、鯨の竜田揚げに千切りキャベツ、と資料にあるが、たしかにそんな感じだった。

脱脂粉乳とは、ミルクから乳脂肪分そしてほとんどの水分を除去して粉状にしたもの。戦後の日本へのアメリカの市民団体からの、いわゆる「ララ物資」、またユニセフからの救援物資だった。まずかったな……。

だが、脱脂粉乳は別として、給食はおいしく、その時間は楽しかった。水戸の小学校には、校舎の隅のほうに給食準備の棟があった。そこで食事を作る小母《おば》さんは、同級で仲良しの小池亮君のお母さん。だから給食というもの自体に、何ともいえない親しみがあった。年に一度の「給食記念日」にはドーナツが出たな……。ふだんはあり得ないご馳走だった。

中学は東京・世田谷区。給食の記憶がない。毎日、弁当を持っていったと思う。冬には、教室のウシロの壁際の戸棚が「弁当あたため器」になった。昼近くの授業中には、いい匂いが漂ってきて、腹がグウグウ鳴るのだった。東京都の施策か何かで、一人一人に牛乳が一本ずつ配られたのは、二年の時だったと思う。全員が飲むが、瓶の底にわずか残る。皆の分をまとめると一本分にはなる。それに再び蓋をして「一本余りましたからどうぞ」なんて先生にあげたり……。ひどいいたずらをしたものだ。先生、ごめんなさい。

小学、中学を通じ、昼食時間を云々した覚えがない。食べ終わった者から順次勝手に教室を飛び出した。グラウンドで走り回る者、図書室などへいく者、合唱や吹奏楽など部活をする者……。食べるのが遅い人もいたと思うが、モロモロへの参加が遅くなるだけで、別に問題にはならなかった。

高校で給食がなかったのは当たり前だ。ところが、定時制には、給食がある。部活などで僕らが遅い下校をするころ、校内で定時制のための夕食（！）の準備が始まる。こちらがちょうど空腹の頂点にさしかかる時刻だ。たまらなかったなぁ、あの匂い……。

給食の話、次回につづけます。

（二〇一九年六月一七日号）

学校給食　その2

学校給食は、もちろん世界各国に、ある。メニューにはお国柄が反映されていて、それぞれ楽しそう、かつおいしそう。日本では、一九五四（昭和二九）年六月三日に「学校給食法」が制定された。二〇〇九（平成二一）年四月一日に改正されている。この法律に、学校給食の「目標」が含まれている。次のような内容だ。

1　適切な栄養の摂取による健康の増進を図る。
2　食事への正しい理解、健全な食生活への判断力を培い、望ましい食習慣を養う。
3　学校生活を豊かに、明るい社交性及び協同の精神を養う。
4　食生活が自然の恩恵の上に成り立つものであることへの理解を深め、生命及び自然を尊重する精神並びに環境の保全に寄与する態度を養う。

5　食生活が食に関わる人々のさまざまな活動に支えられていることへの理解を深め、勤労を重んずる態度を養う。
6　我が国や各地域の優れた伝統的な食文化についての理解を深める。
7　食料の生産、流通及び消費について、正しい理解に導くこと。
何だか、やたらに「養う」が多くて気にならないこともないが、ま、いいたいことはわかる。要するに、ただ「食べる」ことのみが目的ではないわけだ。特に具体的かつ大事なのは、3の項目。これは必ずしも給食に限らず、学校での昼食という大きな括《くく》りでも同様と考える。ところが（再び横浜市を例にするが）、横浜の公立中学校・義務教育中学校一四八校のうち九割（一三五校）で、昼食（前回話したとおり給食ではない）の時間は一五分。残りの一三校も二〇分だそうだ。

これは、いかにも短いのではないか。しかも多くの場合、先生は子どもに「完食」を要求する。「残してはダメ。時間内に食べなければダメ」――この縛りに苦しむ子どもが少なくないであろうことは、容易に想像できる。上記3の項に反しているのではないか。僕の妹（三歳下だが、僕が就学一年遅れなので二学年下）は食べるのが遅くて、学校で問題視された。僕の娘も、これは母親（つまり僕の妻）に聞いた話だが、小学一年か二年生のころ、帰宅した娘の下着にパンがひと切れはさまっていたそうだ。時間内に完食しなければ叱られる。幼いなりに考えた挙句とった苦肉の策だったのだろう。僕自身は、この件で困った思い出はない。昼食は、昼休みを精一杯活用するためのプレリュード（前奏曲）だった。

中学時代は弁当、前回お話ししたが、これは東京の世田谷区立である。おそらく今は給食だろう。全国の中学校の約九割が、給食を実施しているが、神奈川県だけが実施率二六パーセントらしい。横浜市では、各自の持参弁当かあるいは「ハマ弁」という配達弁当だという。しかし横須賀市、秦野市、川崎市などで、給食センター方式による実施が行われる状況になってきている由。「食の喜び」は、教育の最も大切な部分だと思う。これは、地方で別々にではなく、国全体で考えていかなければならない問題だろう。

（二〇一九年六月二四日号）

闇の中の政治

この六月はじめの報道に驚いた方、少なくないだろう。首相官邸で、首相が省庁幹部などと面談した際の記録が、まったく残されていなかった。というより、そもそも作成されていなかった……。

そんなことって、あり得る？　信じられない。

あの「加計《かけ》学園問題」の時に、その打ち合わせの記録が官庁に残っていなかった。覚えていますね？　「総理のご意向」と内閣府幹部が言ったという話。これに関する記録が、文部科学省には残されていたが、内閣府にはなかった。その発言の有無すら不明なのだ。

これはいかんというので、二〇一七年に政府の公文書ガイドラインが改定された——「事案の決定権者への説明は記録を作成する」「打ち合わせがあった事実が検証などに必要な場合は、日時・場所・出席者・主なやり取りの概要を記録する」と。

首相のもとで災害やテロの対策などにあたる内閣官房が、記録をつくっていなかった。記録をすべて残すには、そのためにだけ大きなエネルギーを使わなければならなくなる、と弁解している。

そんな弁解が成立する？　これは政府にとって必要なエネルギーではないか。エネルギーを節約していて、適格な政策が実施できますか？


方針に影響がなかったので記録は不要と考えた、という説明もあった。これもおかしい。影響云々ではなく、打ち合わせがあったか否か、その事実が重要なのだから。

情報が漏れるのを恐れているとしか思えない。漏れると、説明しなければならない。説明すると具合の悪いことが出てくる。そういう可能性がある問題は、なかったことにするのが一番だ——要するに、そういう考えかたである。「これ、秘密にしておこうか」「いや、秘密ばかりだと非難される」「なら、秘密じゃなく、そもそもなかったことにしようか」「そうそう、それでいい」自分たちには「権力」があるのだから、何だってできる。

首相に、あるいは内閣に、あるいは政府に権力？　誰がそんなことを決めましたか？

憲法は、主権は国民にあると宣言している。日本人なら、誰もが知るところではないか。
これが何か恐ろしいことの予兆でなければいいが……と考えてしまう。何しろ、二〇一四年一二月「特定秘密保護法」が施行されてしまっている。この法律を都合のいいように操作し、国民に知らせたくないことは隠蔽《いんぺい》することが、為政者には可能なのだ。前記の架空会話が架空でない可能性は十二分にある。憲法を改変し、戦争ができる国にしようとしている現下の為政者は、さまざまな「手」を使う。国民が「隠蔽」に慣れていくよう、すなわち「知らず知らずのうちに、少しずつ」という手だ。これに引っかかってはならない。闇の中の政治――独裁国家ではないか。まさか、この国の二一世紀がそんなことに？　冗談じゃない！

（二〇一九年七月一日号）

演歌は演説歌

先日・岡大介《たいすけ》さんの「カンカラ三線《さんしん》」を聴いた。六月三日、東京の労音大久保会館R's アートコートで催された「戦争法に終止符を！　落語と音楽のつどい」の折である。ほかに古今亭菊千代さんの落語、僕の指揮による合唱組曲「こわしてはいけない」（抜粋）もあったが、今回は、カンカラを使った手造り三線をつま弾きつつの大介さんの演歌の話。

唖蟬坊《あぜんぼう》の「演歌」である。これを現代に、ナマで聴くなんて、想像もしていなかった。大介さんはまだ若く、唖蟬坊をリアルに知っているわけはない。しかし、唖蟬坊の歌の精神を今に伝える。それは、不思議なほど「今」に通じるのである。

添田唖蟬坊は一八七二（明治五）年、神奈川県の現・大磯で生まれ、一九四四年に亡くなった演歌師。演歌は、現代のそれではない。自由民権運動から生まれた政治を批判・風刺するプロテストソング。すなわち「演説歌」である。唖蟬坊を継承したのが息子の添田さつき（知道とも。一九〇二～八〇年）。

「何をくよくよ　かわばたやなぎ」で始まる「東雲節《しののめぶし》」は、一九〇〇（明治三三）年ごろ流行したが、唖蟬坊はこれに次のような歌詞をつけた。「自由廃業で廓《くるわ》は出たが　ソレカラナントショ　行き場ないので屑拾い　ウカレメのストライキ　サリトハ　ツライネテナコト　オッシャイマシタカネ」諸説ある中で、名古屋・中村遊郭の東雲楼で起きた娼婦のストライキを歌ったものという説が強いらしい。

「つまらない　ああ　つまらない　つまらない　小作のつらさ　待ってた秋となってみりゃ　米は地主にみな取られ　かわいい妻は飢えに泣く　チョイトネ」この深刻な歌は、一九一一（明治四四）年ごろの「むらさき節」。もと唄はあるらしいが、歌詞は唖蟬坊である。

「学校へ通っているうちは　卒業々々と　待っていたが　卒業してみりゃつまらないまたも気になる就職口《つとめぐち》　ナッチョラン　親も妻子もふり捨てて　わたしゃ兵士になりました　泣き泣き三年つとめあげ　帰りゃわが家に雨が降る　ナッチョラン」これ唖蟬坊作詞

の青島《チンタオ》節（ナッチョラン節）。一九一四（大正三）年ごろ。何とも痛烈な批判ではないか。

貧富の差が、また社会のヒエラルキーが激しい時代だった。思想弾圧も強硬になってきていた。その中で一九一二（大正元）年には大杉栄、荒畑寒村らが『近代思想』を、一九一一（明治四四）年には平塚雷鳥らが『青鞜《せいとう》』を発刊した。「大逆事件」で幸徳秋水らが処刑されたのも同じ年。僕は、おびただしく関わってきた演劇の仕事でこの時代と、また啞蟬坊らと、何度もつきあってきた。民衆が「叫ぶ」ことを怠らなかった時代だ。今、この「叫び」が行方不明になっていると感じる。演歌が本来の「演説歌」だった時代。本来体制と向き合うはずのロックさえ、商業主義に押しつぶされてしまっている現代に、岡大介さんの「カンカラ演歌」が示唆してくれるものは、実に大きい。

（二〇一九年七月八日号）

文化マニフェスト

参院選が近い。元号が令和へ変わったことを利用し、日本という国の衣替え――すなわち憲法改変に結びつけようとする動きがある。これを阻まなければならない。

しかし、興味ある動きも生まれている。すべての立候補者に、文化についてのマニフェストを明記させようという運動だ。文化芸術は、人間が生きていくために、日々の暮らしに、しっかりと根づいていなければいけない。政治の場でも、重要な課題になっていなければいけない。しかしこれまで、文化芸術が選挙の争点になったことがあるだろうか。

そのようなことに疑問を持った若者が中心となり、ＭａｎｉＡという組織が生まれた。マニフェスト・フォー・アーツの略だ。ＭａｎｉＡは、今年（二〇一九年）四月の大阪市長選の折、候補者に文化芸術へのヴィジョンを尋ねた。想像以上の反響があった――「こんなアンケートを望んでいた」「自分の地域でもやってほしい」等々。

ところで、美術や音楽などにおおいなる関心を抱き、親しんでいる政治家って、日本にいる？　元首相の小泉純一郎氏はオペラが好きで、あるとき隣の席どうしになったことがある。日本共産党の志位和夫委員長は学生時代オーケストラでヴァイオリンを弾いていたし、作曲もやった由（楽譜を見せてという僕の希望は果たされていないが）。自民党・元官房長官などを務めた細田博之氏は音楽好きらしい。民主党（当時）で元首相の鳩山由紀夫氏は、ブリジストン美術館の石橋幹一郎氏の甥《おい》にして、偉大な指揮者で僕の恩師でもある渡邉暁雄先生の甥でもある。ピアニストの渡邉康雄、規久雄氏という従兄弟《いとこ》もいるから、さぞかし美術や音楽に明るいだろうと思うが、どうなんだろう。モーツァルトが好きという話は聞いたことがあるが……。

文化人が行政に関わったということは、これまでにもあった。かの大作曲家ヴェルディは、一八六一年、統一が成ってイタリア王国が誕生した折、請われて立候補。当選して下院議員になった。かつてイギリスの首相エドワード・ヒース（一九一六〜二〇〇五年）は、指揮もする政治家として知られていた。フランスでは「征服者」や「王道」の作家アンドレ・マルローがシャルル・ド・ゴール政権下の文化相（在任は一九六〇～六九年）。ギリシャでは「日曜はダメよ」「女の叫び」などの女優メリナ・メルクーリが文化相（同じく一九八一～八九年）。日本にも、作曲家にして日本共産党の参院議員・須藤五郎（一八九七～一九八八年）という人がいた。また、一九六八年にできた文化庁長官の初代は、作家の今日出海。以後も同庁長官は、作家・三浦朱門、心理学者・河合隼雄、美術史家・青柳正規（僕とは高校時代の親しい友人だ）などが務め、今も金工作家・宮田亮平である。

現在、Ｍａｎ・ｉＡの運動には前記の青柳正規や西川千雅（日本舞踊家・西川流四世家元）、津田大介（ジャーナリスト）氏などが賛同人として名を連ねる。不肖僕も加わっている。どんな答えが出るか、楽しみではないか。

（二〇一九年七月一五日号）

辺野古反対署名

「FoE」という国際環境NGOがある。Friends of the Earth の略である。世界七四か国に二〇〇万人のサポーターがいる。FoEジャパンも、FoEインターナショナルのメンバーとして一九八〇年から活動をつづけてきた。僕も、サポーターの一人である。

この六月二四日、FoE International は、辺野古米軍基地建設に反対する署名簿を、日本の安倍首相、岩屋防衛相そしてアメリカのトランプ大統領、インホフ上院軍事委員会委員長、スミス下院軍事委員会委員長へ提出した。

その署名は、日本二八〇八筆、アメリカ一万六五九八筆、そのほかイギリス、フランス、ベルギー、ルクセンブルク、オランダ、ハンガリー、スロベニア、フィンランド、ジョージア、インド、韓国、バングラデシュ、マレーシア、オーストラリア、ニュージーランド、ブラジル、アルゼンチン、チリ、コスタリカなど五七か国以上の国・地域から集まっている。

これだけの署名を目の前にして、前記「提出されたほう」は、いったい、平静でいられるものだろうか。あちら側の論理はわかっている――これらは一部にすぎない。もし「賛成」の署名を集めたら、これより多い数字が出てくるだろう。したがって、「反対」のこの数字を見たからといって、我々の主張が変わることはない。「多数」を是とする「数の論理」そして「為政者の論理」である。

しかし、今回の署名は政治的なものではない。FoEがおこなったということは、地球環境の視座なのだ。換言すれば、地球温暖化の問題などと軌をいつにするもの。現在「気候変動枠組条約締約国会議」(Conference of the Parties) 通称COPへの参加国が、EU(欧州連合)を含め一九七か国であることを考えれば、地球環境に関わる辺野古米軍基地建設反対の署名結果の重さは明らかだ。

ところで、ちょっと別な角度からの話。北方領土の件だ。元外務次官で国家安全保障局長の谷内《やち》正太郎《しょうたろう》氏の弁――「返還が成ったとして、それらの島に米軍墓地を置かないという約束はできない」。それを受けて、二〇一六年一一月ペルーのリマにおける日ロ首脳会談で、ロシアのプーチン大統領は、安倍首相にこう言った——「あなたの側近が、島に米軍基地が置かれる可能性はあると言ったそうだが、それで交渉は終わる」。いっぽう、在日米軍のマルティネス司令官は今年一月「これらの島に戦力を置く可能性はない」と言っている。

どういうこと？　安倍首相のアメリカへの、これこそまさに「忖度《そんたく》」ではないか。呆れるのを通り越し、本当に悲しくなるとしかいいようがない。話を辺野古に戻すが、辺野古の米軍基地建設も、アメリカの政策というより、日本の（安倍首相の、というほうが正しいだろうが）アメリカに対する「忖度」なのかもしれないという気がしてくる。

ＦｏＥの署名結果を無視し、何の反応も示されなかったら、これは政治というより、人間の信義の問題だ。そう思いませんか？

（二〇一九年七月二二日号）

選挙で考えること

参議院選挙が実施された。といっても、この稿を書いているのはまだ選挙期間中で、結果がどうなるかはまだわからない。だが、ここであらためて考えてみたいのは、今回の選挙がどうのこうのではなく、「参議院」の存在意義についてである。

学校で習ったことの復習みたいだが、一応整理しておこう。衆議院は議員数四六五人で、任期は四年。解散がありうる。参議院は二四二人で、任期六年。解散はないが、三年ごとに半数の選挙がある。選挙権は両院とも一八歳だが、被選挙権は衆議院は二五歳、参議院は三〇歳だ。任期が長いため、参議院は衆議院を抑制する役割を持ち、「良識の府」と呼ばれたりする。新しい法律を決めるには、まず国会議員や内閣が法案を作成し、両院（衆参どちらでも）のどちらかに提出。これがまず「委員会」で審議される。必要な場合は学識経験者など専門家を呼んで「公聴会」を開く。その後、本会議にかけられる。成立させるためには衆参両院の一致が原則である。

もし両院で議決が異なった場合は、衆議院に審議が戻り、出席議員の三分の二以上の賛成で再び可決すれば、ここでようやく法律が成立することになる。これを「衆議院の優越」という。また、衆議院だけに認められている権限には「予算の先議権」（先に審議を行う）や「内閣不信任決議権」がある。

国会は立法の府であり、国権の最高機関だが、行政の府である内閣、司法の府である最高裁判所とともに「三権分立」を構成することを忘れてはならない。これらはたがいにチェックをしあう。国会は行政を監視し、裁判官の弾劾裁判所を内包する。内閣は衆議院の解散権を持ち、最高裁判所裁判官を任命する。最高裁は違憲立法審査権を有し、行政に関わる訴訟の判決もおこなう。

これらの大原則を熟知していなければ政治に携わることはできない――はずだが、果たしてどうかな。安倍晋三首相は、二〇一八年一一月二日の衆議院予算委員会で「私は立法府の長だ」と発言。大まちがいだ。その後に謝罪したが、同様のことを過去にも言っている。さらに一九年二月二八日の衆議院予算委員会では「私が国家です」と発言。何ということ……。

これが僕たちの国の首相かと思うと、なさけなくなる。慢心と驕《おご》りのかたまりではないか。かつて「朕《ちん》は国家なり」と言ったのは、フランス・ブルボン朝第三代国王ルイ一四世（在位一六四三～一七一五年）である。絶対主義王制（君主に至上の権力を付与する専制的政治の形態）時代の思想だ。三〇〇年以上前の話ですよ。人類はこのような過去に学び、よりよい社会をつくるための努力をつづけてきたはず。

とはいえ、現下の政治家を選んだのは現下の日本国民。僕たちは、もっと学ばなければならない。平和に、穏やかに、静かに生活できる社会を保っていかなければならない。参議院選挙は終わったが、当然これからも選挙はある。しっかり考えようではないか。

（二〇一九年八月五日号）

石

僕の子ども時代の家は、住宅地を走る路面電車の駅の隣だった。そのプラットフォームは日常の遊び場。そこにローセキ（蠟石）で絵を描いたりしたな……。ローセキは、正しくは脂肪族鎖式飽和炭化水素（アルカン）あるいはパラフィン・ワックスというのだそうだ。石みたいなものだが、石といえば、駅舎の向こう側はかなり広い石置き場だった。墓石状のものから滑り台状まで、さまざまな石がほとんど散乱する感じで放置されていた。今ならきちんと管理され、立ち入り禁止の標識などがあるだろうが、当時は、子どもが好き放題遊び回れる場所だった。ある時、高く積まれた石のてっぺんへ登ったはいいが、そこから真っ逆さまに落下し、頭に大怪我をしたこともある。にもかかわらず、ローセキとこの石置き場ゆえに、石はきわめて親しく、しかも常に関心を持つ存在だった。

石といえば、妙なこともあった。七〇年代だったが、某レコード会社の企画。栃木県宇都宮市郊外（今は市内）に、大谷《おおや》石の採石場がある。巨大なドームだ。そこにトランペット奏者を一〇〇人集めるので、一〇〇声部の曲を書いてほしいという依頼。声部ってわかりますね？　混声四部合唱なら四声部だ。一〇〇声部ということは、一〇〇人のトランペットがみな違うことをやるわけ。しかも、合唱でソプラノからバスまでならかなりの音域があるが、トランペット限定では、音域はせいぜい二オクターヴ半くらい。狭い。その音域内に違うフシを一〇〇パート書くなんて、とうてい不可能。しかも、当時のＬＰレコード一枚分すなわち四〇～四五分の曲……？　無理！　この仕事、断りました。その後誰かがやったという話も聞いていない。でも、この巨大ドームで一〇〇人のトランペットが演奏したら、すさまじい反響音になっただろうな……。

付記すれば、大谷石はよく建材に用いられる。手で剝《は》がせるくらい柔らかな石だ。建材といえば、日本で多く用いられるのは花崗岩《かこう》。通称みかげ石。硬質で、光沢がいい。もともと神戸市御影地区で採れるもので、これは本御影石と呼ばれる。香川県庵治《あじ》町、牟礼《むれ》町の庵治石も花崗岩の一種で、磨くと美しい艶が出る。世界的彫刻家、流《ながれ》政之やイサム・

ノグチに愛された。京都市左京区で採れるのは鞍馬石。閃緑《せんりょく》岩で、庭石に適している。兵庫県高砂市の竜山《たつやま》石（宝殿石とも）は流紋《りゅうもん》岩質凝灰《ぎょうかい》岩で、一七〇〇年前の古代から城や石垣などに使われてきた。その高砂や関ヶ原の伊吹山近くなど——車窓から見る採石跡の山肌は破壊された自然を絵に描いたようで、いささか無残だが、これは仕方がないだろうな……。

長崎の諫早《いさはや》石は砂岩である。宮崎の飫肥《おび》石は凝灰岩。沖縄の琉球トラバーチンは石灰岩。それぞれの特質を生かして、まさしく適材適所に使われてきた。

広いとはいえない日本の国土に、さまざまな石。もちろん、世界中にさまざまな石。地球は、実に興味深くできているのだ。

（二〇一九年八月一二日号）

土

前回、石の話をしたから、次は「土」だ。伯父と叔父に二人の地質学者がいるという理由ではまったくない。そういえば高校時代の理科で僕はたまたま地学を選択。伯父たちのことを知っているT先生から「不肖の甥《おい》」のレッテルを貼られた。

その都立新宿高校時代、二学年下で、いっしょに合唱をやっていた坂本尚史《たかふみ》君は、岡山理科大学の合唱団を指導していた。僕はその委嘱で作曲している（二〇〇六年、混声合唱組曲「走る」全音刊）。他方、彼は高名な地質学者で、前記岡山のほか千葉科学大学、倉敷芸術科学大学の教授を歴任し、日本粘土学会会長、国際粘土鉱物学連合副会長も務めた。

かつて、拙作「悪魔の飽食」全国合唱団のメンバーでもあった。僕が子どものころ住んでいた水戸の家の庭の一角が粘土で、それを使っていろいろ作った話は前にしたと思う（第一一巻、六一ページ）。要するに人も環境も、僕は石や土に縁があったということ。

日本の土は、欧米に比して石灰やマグネシウムが少ない。欧米の土は、おおむね氷河によって削られた岩石が細かく砕けて生成されている。対して日本は、火山灰の堆積が土をつくり、多雨という特質が重なることにより、酸性土壌になっているらしい。とはいえ日本国内だけでも、所によって土はずいぶんちがう。

ところで、博多には「鴨頭《こうとう》ネギ」という野菜がある。近くの下関でも食される。「甲頭ネギ」「高等ネギ」とも書く。後者は、小ネギの中で等級の高いものという意味もあるらしい。小ネギだから、関東で言えば「万能ネギ」なんだが、それよりずっと丈が短い。フグ刺しの際の「ツマ」として最高なのだ。博多へ行くと僕は「柳橋連合市場」をのぞき、しばしばこの「鴨頭ネギ」を購入する。ネギにしては結構な値段だが、新聞紙にくるんで冷蔵庫に入れておけば、かなり永く持つ。東京で家庭菜園をやっている友人が、これを買ってきて植えた。楽しみにしていたが、育ったら普通のネギだった。結局、土なのだ。

万願寺唐辛子などの「京野菜」や、大阪の「なにわ野菜」、奈良の「大和野菜」、石川県の「加賀野菜」など地域独特の野菜も、つまるところ土のちがいなのだろう。あまり知られていないが、僕が毎年「無名塾」の仕事で訪れる「能登演劇堂」のある能登中島町（現在は七尾市の一部）には「中島菜」という菜っ葉があり、おいしい漬物ができる。あれも同様だと思う。

黄土に含まれる酸化鉄で赤い染料ができる。漢字では「弁柄」あるいは「紅殻」と書くが、要するに「ベンガラ色」だ。インドのベンガル地方に由来するという説もある。日本の生活の中で古くから親しまれてきた色。沖縄の首里城や岡山県高梁《たかはし》市吹屋地区などで堪《たん》能《のう》することができる。土の応用力は、すごい。

森の中などで、人間一人の足の裏の面積の土にどれだけの生物が棲息しているかという展示が、どこかの博物館にあった。土はまさに、無限の面白さに満ちている。

（二〇一九年八月一九・二六日号）

抑圧の記憶

台湾へ行ってきた。世田谷区文化財団の所轄である音楽事業部が運営する「せたがやジュニアオーケストラ」の遠征だ。僕は区の音楽監督であり、同時にこのジュニアオーケストラの監督でもある。そもそも、区に音楽事業部ができ、僕が監督になった二〇〇七年に、僕の提案でつくられたオーケストラで、区が初めて持った芸術関係の組織。世田谷区が台湾の高雄《カオション》市と姉妹都市である関係で、昨年（二〇一八年）夏、高雄の青少年オーケストラが世田谷に来て交流コンサートをした。今夏は、その逆の実施だ。しかし、昨夏、僕はバルト三国や金沢の仕事で東京におらず、監督業務を果たせなかった。したがって今回は必至、というわけであった。

台湾は三度め？　四度め？　よくわからないが、これまではアジア作曲家連盟のシンポジウムとか作曲コンクールの審査などの仕事で、台北限定だったから、今回の高雄は新鮮であった。もっとも途中で、高雄から台北へ移動。台湾新幹線は、駅も車内も清潔で快適だった。

ところで、今回の台湾で僕は、ちょうど一年前のバルトを回顧するような感覚に包まれたのである。昨夏、バルトの三つの国の町――エストニアのタリン、ラトビアのリガ、リトアニアのヴィリニュス――で、「KGB」（旧ソビエトの国家保安委員会）に関わる「負の遺産」に遭遇した。KGBの弾圧に、苦しめられた話もたくさん聞いた。会った人たちの多くは当時まだ子どもだったが、好きなことができなかった、常に恐怖と隣どうしだったと語った。三つの国は、そのころを「暗黒時代」と呼んでいる。かつて帝政ロシア時代も、その支配下だった。ロシア革命に伴い、一九一八年に独立したが、四〇年にソ連に併合されてしまう。抑圧からの解放は、一九九一年のソ連崩壊を待たなければならなかった。第二次大戦下、リトアニアの日本領事代理として同国カウナスにいた杉原千畝《ちうね》が、日本政府の訓令に反して大量のヴィザをユダヤ系難民のために発給し、大勢の命を救った話は周知と思う。

閑話休題。台湾の話だ。日本は一八九五（明治二八）年、日清戦争後の下関条約により、中国から台湾を割譲。第二次大戦後（一九四五年一〇月）まで半世紀の長きにわたり、占領した。その間、日本語の強要、日本式の寺社・神道の強制、日本の名前への変更、そして時差を撤廃して日本と同じ時間に等々、徹底した「日本化」による抑圧をつづけた。日中戦争では、台湾の漢民族二一万人を兵として戦わせた（うち三万人が死亡）。相手は中国すなわち大部分が漢民族だ。同じ民族を敵として銃を向けなければならない……そのつらさは想像を絶する。

ロシアのプーチン大統領は、かつてのバルト三国併合を「悲劇」だったと語った（謝罪はしていない）。戦後日本は、かつて抑圧した近隣国に対し、きちんとした謝罪と幕引きをしたか。そのしわ寄せがもたらす問題が多々起きている。歳月で解決する問題ではない。台湾で僕は、そのことを再考させられていた。

（二〇一九年九月二日号）

司法を疑う

先日（八月五日）の新聞記事に、愕然《がくぜん》！　全国の裁判所で、過去の憲法に関わる訴訟の記録が廃棄されていた。そんなこと、考えられない。あり得ないことだ。

たとえば①「長沼ナイキ訴訟」。②沖縄の米軍用地強制使用に関わる代理署名訴訟。③広島薬局距離制限訴訟。

①は、北海道夕張郡長沼町への航空自衛隊ナイキ地対空ミサイル基地建設計画にあたり、当時の農林大臣が国有保安林指定の解除をしたことに対し、自衛隊は違憲、保安林解除は違法として、処分取り消しを求める行政訴訟を住民が起こした裁判だ。一九六九年。一審の札幌地裁はこれを認め、処分取り消しの判決。国はこれを控訴。二審の札幌高裁は一審判決を破棄。住民は控訴。最高裁は訴訟を棄却。

②は、米軍軍事用地使用のための土地買収について、土地所有者が応じない場合の規定に端を発した事件。この場合、市町村長が代理で署名すると規定されており、もし市町村長も拒否した時は知事がおこなう。それでも決定しない場合は、市町村長が代わって公告縦覧をおこなう。これも、または知事である。それでもダメな場合は、都道府県収容委員会の公開審理を経て採決ということになる。一九九五年、沖縄で、当時の大田昌秀知事が代理署名を拒否した。これに対し、職務執行命令訴訟を国が起こす。最終的にこの訴訟は、最高裁により県の敗訴に至った。

③は、広島県福山市で薬局開設の許可を県に申請したものが不許可になり、行政処分取り消しを求めて提訴した事件。当時の薬事法の改正に関係していたが、そもそも職業の自由に関わる問題である。これも最高裁まで進んだが、一九七五年四月、最高裁は処分を違憲として無効を言い渡した。

どれも憲法の規定に及ぶ問題で、そのような事例は当然たくさんある。ところが、記録が廃棄されていた。判決文は残されていても、審理過程の文書が失われていた。当事者たちはどう訴えたか、裁判所はどう受け止めたか。何もわからなくなった。大きな大きな損失だ。三つの事例についてだけお話ししたが、廃棄されていたのは、全国で何と一一八件！

史料または参考史料となるべき裁判記録は「特別保存」として永久保存しなければならないことになっている。ところが、特別保存は国立公文書館へ移送されていたものなどを含み一八件のみ。この問題について最高裁は、廃棄は各裁判所の個別の判断として明確な回答をしていない。すべて永久保存のアメリカなどと大違いである。

信じられない。憲法に関わる事例に限らないと思う。おかしい。僕には、近年まで最高裁判事を務めた親しい友がいるが、それとは関係なく、一般的に「司法は正義」と思われているものだ。しかし、それが裏切られるような裁判が最近頻繁に起きているのも事実。今、日本の司法は、疑われて仕方がない状況と言っていいのではないか。

（二〇一九年九月九日号）

もう一人のセンポ・スギハラ

一九三八（昭和一三）年のことだ。所は旧満州（中国東北部）。樋口季一郎という将校が、日本陸軍関東軍ハルビン特務機関長として駐屯していた。彼は、ナチスの迫害を逃れてきたユダヤ人難民を救う。詳しく記せば、次のような経緯である。

多くのユダヤ人難民が旧満州国境の旧ソ連領オトポールにたどり着く。ドイツと日本の関係上、満洲国政府は彼らの入国を拒んだが、南満州鉄道とかけ合って、入国を認めさせたという（どんな背景があったかまでは不明）。

イスラエルは、ヤド・バシェム（諸国民の中の正義の人）という賞を設けて、ナチスの迫害からユダヤ人を救うために尽力した人を顕彰しており、樋口もそこに連ねられている。

追補すれば樋口はそのあと（一九四二年）北部軍司令官として札幌に赴任。アッツ島での対米戦を指揮した。が、大本営が同島を放棄するとしたため、部隊は玉砕した。

しかし樋口は生き残った。終戦後は小樽などで農業にいそしみ、一九七〇年に他界している。今、樋口ゆかりの石狩市に、彼の功績を伝える記念館が作られ、来年夏の開館を目指している。奇遇なのだが、季一郎の孫は樋口隆一さんといい、バッハ研究の日本の第一人者だ。学者であるだけでなく、指揮者にして明治学院大学名誉教授でもある。そして僕とは長いつき合い、というか、学生時代に彼は、僕の和声学の弟子だった。さらに、戦後自殺してしまった乾春雄という作曲家についてもお話ししたことがあるが、この乾は僕の母の親友の弟であり、樋口隆一さんの叔父さんでもある（第一〇八〇回「音楽の無言館」本書第一二巻、四〇六ページ、第一一三九回「吉田隆子　その3」、本書一七一ページ参照）。

そしてさらに思う。樋口季一郎がいたのはハルビン……。あの「七三一部隊」があった所。森村誠一さんの、また僕の「悪魔の飽食」（混成合唱組曲）に描かれた所。残虐非道の限りを尽くしたと同じ場所に、真逆の、こんなにも人道的な構図が隠れていたとは……。

スピルバーグ監督により映画化されたオスカー・シンドラーも、多くの人が知っているだろう。「シンドラーのリスト」という映画（一九九三年）だ。大勢のポーランド系ユダヤ人がホロコーストから救われた。ちなみに、スピルバーグ自身もポーランド系ユダヤ人である。

センポ・スギハラ（杉原千畝）については、あらためて話すまでもないだろう（「ちうね」という発音が難しいユダヤ人に、杉原自身が「センポ」と呼ばせたといわれる）。昨夏、ずっと行きたかったリトアニアはカウナスのその記念館を体験した。その話は、第一一一五回「戦争がつくる対極」（本書一〇五ページ）でしている。付記すれば、今年（二〇一九年）三月、東京駅近くの八重洲に「センポ・ミュージアム（杉原千畝資料館）」がオープンした。リトアニアまで行っているのに、この東京の資料館を僕は未体験。行かなければ……。

樋口、シンドラー、杉原……。ユダヤ人を救った人は、他に何人もいる。センポ・スギハラの人類愛は、まさに普遍的だったのだ。

（二〇一九年九月一六日号）

落語に学ぶ

落語が好きだ。この連載の第七八八回——二〇一一年六月二〇日号に「笑い」と題して落語の話をした（『空を見てますか……10　忘れないということ』三三六ページ）。一部、それと重複するが、繰り返してみたい。

好きだが、寄席に行く時間はなかなかない（とはいえ、行ってはいます。今年はこれまでに二回）。飛行機内オーディオで聞くことが多い。僕のオペラ第一作は、古典落語を現代に置換した「死神」で（一九七一年）、古典も好きだが、注目するのは実は新作。僕は「作る」人間ですから。絶品の創作は、上方では桂文枝（旧名三枝）、桂文珍、桂米團治、そして東京では立川志の輔だと思う。

機内では、月単位でプログラムが変わる。ついこの八月、立川志の輔の新作「バールのようなもの」に魅せられた。その内容をここで披露することは、著作権法上はばかられるが、大筋を。日本語の面白さについて考えさせられる話だ。泥棒が入り、店のシャッターがバールのようなもので開けられていたというニュースを聞いた男、物知りのご隠居さんに尋ねる。――「バールなら知ってるが、『ようなもの』ってのがわからねぇんです」「それは、バールではないということだ」「へ？　そうなんですかい？」「そうだ。夢のようなといったら、夢か？　夢じゃないということだ。ハワイのような所といったらハワイか？　宮崎だ。だから、バールのようなものといえばバールではない、ということだ。わかったか」

ご隠居はさらにつづける。「ニュースにはニュースの常套句というものがある。犯人がつかまり、関係者はほっと胸を撫《な》でおろしました――お前、見たことがあるか。皆がいっせいに胸を撫でてるところ。捜査のメスが入りました――お前、警官がメス持って捜査しているのを見たことがあるか。そういうものだ。『ようなもの』も、ニュース用語なのだ」。

この先、この「ようなもの」が場合によって意味を深めることになることもあるという話に発展し、最高の「サゲ」に至って終わる。ちなみに、「オチ」というが、「落ち」は縁起が悪い。噺家《はなしか》は「サゲ」という。

この落語、実に卓抜な視座だ。日本語には、たしかに妙な言い回しがある。ある時僕は友人と焼鳥屋にいて、口頭で注文した――ツクネを二本ぐらい！　すると店の親爺――その「ぐらい」てのは何ですかね？　実に優れた親爺じゃない？　なるほど「ぐらい」は余計です。

天気予報で「西日本から東日本にかけて厚い雲におおわれます」などと言う。これってどういうこと？　西と東の他に南日本と北日本といういいかたは、ふつうしない。早い話が、日本全土がおおわれるんでしょ？　なら、そう言えばいいじゃない？

日本語の奇妙さ、曖昧《あいまい》さ。日常僕らは、それに気づいていない。志の輔師匠は、まさにそこを突いた。学ばせてもらいました。落語は、すごい！

（二〇一九年九月二三日号）

退化していく？

昨年（二〇一八年）行ったエストニアはＩＴ大国で、郵便局がほとんど不要になり、絵葉書を出したりする観光客のためにかろうじて存在していると聞いた。ホント？　それじゃ、郵便というものはやがて消えてなくなるわけ？

そういえば、メモだってしなくなった。列車やバスの時刻表やレストランのメニューも、メモをしない。スマホで撮影だ。会議などのために当事者が送ってくる日程表に〇×をつけて返送、という場合も、昨今ではメール添付だ。航空券も仕事先からのメールで、ということが多い。それをプリントアウトし、空港でバーコードをかざせばＯＫ。評論やレポートを仕事にする友人は言う——以前は必死でメモをとった。だが今はポータブルで録音ができるから、メモはしない。ところが、昔はメモをみれば記憶が蘇《よみがえ》ってきたものだが、録音があると、覚えていないんだ……。

若いころ、しばしばテレビのドキュメンタリー番組の音楽を書いた。放送局で、映像を見ながら打ち合わせ。ドラマの場合は台本が基本になるが、ドキュメンタリーやニュース等では「カット表」だ。たとえば事件現場の全体図が一一秒、被害者の全身五秒、そのクローズアップ七秒、ついでヒキ（少し後退した構図）が一三秒、そして再び全体図が七秒。

ここに音楽、となった場合、僕が作曲するのは一一＋五＋七＋一三＋七＝四三秒の音楽ということになる。さて作曲、という時カット表を見れば、映像はほぼ思い出すことができた。しかしヴィデオテープが、さらにDVDができて、映像は持ち帰り、いつでも参照できるようになった。そうなったとたん、思い出せなくなったのである。

今、AI（アーティフィシャル・インテリジェンス＝人工頭脳）研究が目覚ましいスピードで進んでいる。車の自動運転も路上試験の段階まで来ているようだが、先日（二〇一九年八月二六日）、試験車が愛知県豊田市で事故を起こした。六月一日、無人運転の横浜シーサイドラインが突然逆走して事故。神戸のポートライナーもそうだが、リヨン（フランス）で地下鉄に乗ろうとしたら無人運転で、やや不安を覚えたっけ……。

機械だから間違いありませんという言いかたがあり、他方、機械だから故障とか誤作動がありうる、ともいえる。とはいえ、これが解決され、人間より信頼度が高くなる時代がまもなく来るのだろう。

イギリスの作家H・G・ウェルズ（一八六六〜一九四六年）は、小説「タイムマシン」で、地下の類人猿族（実は人類の成れの果て）に支配され、だらだらと怠惰な日々を送るだけの八〇万年後の人類を描いた。何と一八九五年に発表されたものだ。退化していく人類。もしかしたらそのスタートが切られているのが現代なのかもしれない。僕は「漢字ナンクロ」（ナンバークロス）の愛好者で、多い時は月に三〜四冊を「走破」するが、これは、退化へのはかない抵抗なのだろうか……。

（二〇一九年一〇月七月号）

グレタさんのスピーチ

スウェーデンの一六歳の少女、グレタ・トゥーンベリさんは、環境に優しいヨットで大西洋を横断してニューヨークへやってきた。国連気候行動サミットに出席。九月二三日、折しも総会開催中で集まっている世界の首脳たちを前に、怒りのスピーチをおこなった。

《あなたたちは空っぽの言葉で私の夢、そして子ども時代を奪った。それでも私はまだ恵まれているほうだ。多くの人たちが苦しんでいる。多くの人たちが死んでいる。すべての生態系が破壊されている。私たちがいるのは、大量絶滅の始まり。あなたたちが話しているのは、お金と経済発展がいつまでもつづくというおとぎ話ばかりだ。恥ずかしくはないんでしょうか。今、必要とされている政治や解決策はどこにも見当たらない。今後一〇年で二酸化炭素を半分に減らしたとしても、地球の平均気温上昇を一・五℃以下に抑えるという目標を達成する可能性は五〇パーセントしかない。現在の排出量をつづければ、残っているカーボンバジェット（温室効果ガス累積排出量の上限）は、八年半以内に使い切ってしまう。

私は、今この場所、この時点で一線を引く。世界は目覚め始めている。変化が訪れようとしている。あなたたちが望もうが、望むまいが。》

この少女は、昨年（二〇一八年）八月――ということは一五歳の時――たった一人でスウェーデン議会の前にすわり込み、抗議行動を起こした。

「学校ストライキ」と呼ばれた。たちまち賛同者が集まり、一八年一二月の時点で世界の二七〇か所で二万人以上の学生が抗議のストライキに参加した。

ところで、「温室効果ガス」とは何か。英語では「グリーンハウス・ガス」という。地球の地表からは大量の赤外線が放射されるが、大気中の二酸化炭素などがこの赤外線を吸収し、再度赤外線を放射する。このことによって気温が上昇。これを「温室効果」と呼ぶ。地球の平均気温は一九〇六年から二〇〇五年までの一〇〇年間で〇・七四度上昇しており、これは二〇世紀後半に加速したとされる。太陽光などの自然要因では説明しきれず、人為的な原因である確率は九〇パーセント以上である。

「温暖化問題はない」と言うトランプ米大統領は、未来を憂うグレタさんを許し

「明るくすばらしい未来を夢見るとても幸福な女の子」と皮肉を言った。対してグレタさんは自分のプロフィールを書き換える——私は明るくすばらしい未来を夢見るとても幸福な若い女の子、と。皮肉に皮肉で応じた。これはどう考えても、グレタさんの勝ちですな。その後「操作されている」「精神的に病んでいる」などといった愚劣な批判などがグレタさんに注がれているが、それらはすべて真実から目を背けている「大人たち」によるものばかり。今こそ、グレタさんの言葉と真剣に向き合い、この緊急の問題に取り組む傑出した世界の指導者が現れないものか、と切望することしきりだ。

（二〇一九年一〇月一四日号）

アマゾニアン・ウーマン

アマゾンで森林火災が多発している。自然発生もあるだろうが、大半は農地などの拡大を目的に放火されたという説が強い。ブラジルのボルソナロ大統領のこれに対する施策に対し、世界中から批判が集まっている。ブラジルでは、一九四〇年代に「西への行進」と名づけられたアマゾン開発が始まり、七〇年には「土地なき人を人なき土地へ」というスローガンのもと、一〇〇万人の移住が計画された。七四年には「大カラジャス計画」を開始。埋蔵量一八〇億トンといわれるカラジャス鉱山の開発だ。そのために鉄道、道路、工場、入植などが進み、森林伐採は九〇万平方キロメートルに及んだ。これは、日本の面積の約二・四倍である。

八〇年代、開発と環境保護の両立という考えが高まったが、九〇年代に入るとブラジルが打ち出した経済自由化、市場経済化のあおりを受け、開発は拡大の一途をたどる。いっぽう、生産性の低さから農地の放棄などが頻発し、移住者や牧場主、先住民のあいだで対立が激化。暗殺まで起きた。このため世界銀行は融資から撤退。融資をしてきた日本の責任も問われている。

継続している開発。毎年、東京都の面積の一〇倍を超える森林が消失している。このままでは、二〇五〇年には、アマゾン全体の四〇パーセントの森林が消失すると予測されている。

ところで、地球上の酸素の二〇パーセントはアマゾンの熱帯林によるもの、という説が最近報じられた。だがこれは誤りだ、と世界の学者が発言している。アマゾン保護の大切さを否定するものではない、という注釈つきで。

しかし、アマゾンの開発が人類に何か重大な影響を及ぼすだろうということは想像がつく。アマゾン開発で脅かされているのは、生態系や森林だけではない。先祖伝来の土地を守りながら暮らしている先住民族の生活が、危機的状況にある。南米大陸の北西部、エクアドルの話に移ろう。

エクアドルに「アマゾニアン・ウーマン」というアマゾンの自然、女性の権利、教育、健康、文化そして伝統を守るための、一〇〇人以上の女性から成る運動体ができた。先住民族が住む地域での石油・鉱物の採掘をやめるよう、エクアドル政府に対し、訴えている。ところが、彼女たちは石を投げつけられたり、槍を持った男に脅されたり、「殺すぞ」という言葉を浴びせられたりしている。家族が襲われたケースも。彼女たちは刑事告発をしたが、司法機関による適切な捜査は行われていない。

僕が、畏友《いゆう》・栗山文昭氏の合唱団のために「森の人々とともに闘う」という女声合唱曲を書いたのは一九九一年だ（カワイ刊）。熱帯林保護財団議長（当時）のフランカ・シュートさんの論文（佐藤弥生訳）に作曲したもので、あちこちの合唱団に歌われてきた。「ジャングルをそっとしておいてほしい」と願う歌である。この星の未来を、もっと真剣に考えなければいけない。地球は、危ういのだ！

（二〇一九年一〇月二一日号）

芝居の根っこ　その1

僕が芝居好きで大学時代の部活は演劇部、というようなことは、何度も語ってきた。しかし、それが何に起因するのか、僕自身も考えたことがなかったと気づき、それを探ってみようかと思い立ったのである。

ひとつは、病弱で就学が一年遅れた幼いころ、汗牛充棟《かんぎゅうじゅうとう》（「牛に引かせれば牛が汗をかき、積み上げれば棟木にとどく」ほどの蔵書を意味する漢文の熟語）といっていい両親の本を、わかりもしないのに片っ端から読みあさったことだ。なかで忘れられないのが、坪内逍遥訳のシェイクスピア全集。一作ずつの分冊だった。挿絵に魅せられたのかもしれないが、すべて読んだ。当然ながら、のちに多くのシェイクスピア演劇のために作曲するなんて、予想もしていない。

もうひとつは、小学校の学芸会だ。茨城大学の付属で、一学年一クラス。毎年の学芸会では、一、三、五年生は音楽、二、四、六年生は演劇をやることになっていた。音楽の年に何をやったか、まったく記憶がない。いっぽう、演劇は覚えている。二年生では児童劇。僕は舞台下でピアノを弾いた。四年生の時はアラビアンナイトの物語を上演し、僕は主役の王子をやった。魔法で下半身を石にされてしまうが、お姫さまのキスで蘇《よみがえ》る話。いや、小学生の芝居にキスはないよね。キスでなく、何だったかな……。お姫さまをやったのは、その後、転校していなくなってしまう女生徒だった。何といったかな、あの人……。六年生では、教科書的な青少年劇だった。タイトルと中身は失念。

しかし、強烈に覚えているのは、上級生がやった芝居ふたつ。ひとつは、たぶん立花隆（本名＝橘隆志）たちの学年がやったと思うが、ザメンホフについての芝居。ラザーロ・ルードヴィコ・ザメンホフ（一八五九〜一九一七年）は、ユダヤ系ポーランド人の眼科医で言語学者。ドイツ語、フランス語、ラテン語、ギリシャ語、英語を学んだという。当時ロシアの支配下だったポーランドでは、ロシア人、ポーランド人、ドイツ人、ユダヤ人と分けられて生活しており、これらの人々に共通の言語を、と、エスペラントを考え出したのがザメンホフ。僕は、父がエスペラントをかじっていたこともあって、おぼろげな知識はあったのだろう。上級生たちのこの芝居を見て、甚《いた》く魅せられたのである。

もう一本は、モリエールの「気で病む男」。この面白い芝居に僕は、はまった。モリエールは、ラシーヌやコルネイユと並ぶ古典の大作家だ。水戸にいた小学校時代、プロの演劇を見る機会はなかったが、高校~大学生の僕（もう東京）は、完全に演劇少年になっていて、「人間嫌い」「守銭奴」「スカパンの悪だくみ」……モリエールを読み、そして観た。ところが不思議なことに、仕事でモリエールにつきあったのは、約五〇〇本の芝居に音楽を書いてきて、一度だけなのである。（つづく）

（二〇一九年一〇月二八日号）

芝居の根っこ　その2

（承前）小学生がよくあんな芝居をやったなぁ……と、今さらながら感嘆する。もしかすると、子どもは昔のほうがませていたんだろうか。いや、これだけ情報が豊かな現代、子どもだってあらゆることを知ることができるはずだが……。それにしても、小学校時代のこれらの体験が、僕の芝居好きの根っこのひとつになったことは間違いがない。

ところで、モリエール体験は過去に一度だけと話したが、それは一九八九年の俳優座で、「女学者」だった。そして、僕にとって二度めのモリエール体験が、目下進行中。無名塾公演「タルチュフ」。この稿が皆さんに読まれるころ、能登演劇堂で開幕している。そのあと山陽・山陰・九州をまわり、来年三月の東京公演で終了。この一〇月七日に音楽録音を済ませたばかりだ。

仲代達矢さんは、俳優座に在籍していた若いころ、この「タルチュフ」を一度経験したという。その時は、ヴァレールという若い役。今回は、タイトルロール（題名役）である。ペテン師の話で、現代の世相に通じ、実に面白い。掌《てのひら》の表を見せておいて、あるところでパッと裏返すようなキャラクターが仲代さんは好きで、かつ得意なのである。設立当初の一九七八年からずっとつき合ってきている無名塾だが、今回も僕は、最高に楽しみながら作曲した。

ところで、僕が芝居の世界に明確にのめりこんだきっかけがある。ある芝居に魅せられて、大学（東京藝大）の演劇クラブ（部活）に入ったと記憶している。一九六三年九月一〇日（火）。僕は大学一年だ。——夜、東横ホールに、劇団民藝の公演「狂気と天才」を観にいき、すばらしかった。原作はサルトル。この劇に描かれたことを信ずるなら、我々はいつもすべて芝居をしているのではないか！　いつかは本物の自分を見いだせるのか？それは、芸術上の試問として、僕に被いかぶさる。滝沢修、細川ちか子他の名演に驚嘆した——。

当時、実存主義を掲げるジャン＝ポール・サルトル（一九〇五〜八〇年、仏）は、世界の若者を牽引《けんいん》していた感があり、『嘔吐』『恭《うやうや》しき娼婦』『存在と無』などの著書を、僕も愛読していた。そのサルトル作だということも惹かれた一因。この「狂気と天才」、原題は「キーン」（主役の名前）である。

ところで、日記の同じ日に《学内演劇クラブ公演、ユジェーヌ・イヨネスコ（一九〇九～九四年、ルーマニア）作「椅子」のための作曲を進める》とある。「狂気と天才」に刺激を受けて入部、という記憶は違っていたか。すでに演劇部に所属していたんだ……。

いずれにせよ、幼い日の読書と小学校の学芸会、さらにこのような経緯が重なり、僕は芝居にのめり込んでいったわけ。「音楽家だが身体半分は演劇人間」と僕はしばしば発言してきた。今回のモリエールのみならず、ギリシャ古典劇、シェイクスピア、T・ウィリアムズ、近松、宮本研、清水邦夫、別役実……演劇から得たものの大きさは、計り知れない。

（二〇一九年一一月四日号）

優れたミニコミ誌

いろいろなところから、機関紙、機関誌の類が頻繁に送られてくる。書籍出版社、プロ・オーケストラ、劇団そして行政誌……。

なかなか読みごたえがあるものが少なくない。書籍関係では、新潮社の『波』、岩波書店の『図書』、春秋社の『春秋』、丸善出版の『學鐙』など。元来PRのための雑誌だが、文芸誌としても充実している。プロ・オーケストラの雑誌には定期公演のプログラム曲目について、また劇団のそれには公演の演目について文章が載っており、これらも単なる解説を超え、読み物として優れたものにしばしば出会う。東京・銀座の商店組織による『銀座百点』は、僕自身何度も関わったので言いづらいが、この小さな雑誌のエッセイはいつもすばらしい。「上野のれん会」の雑誌にあった詩人アーサー・ビナード氏のエッセイについては、この連載第一〇六〇回「ロバの罪」で皆さんにお伝えした（本書第一三巻三四六ページ)。

あちこちの地方で仕事をしてきたので、そのあちこちから行政誌も送られてくる。昨今は、こういう形での市政・町政報告が一般的になってきているのだ。教育に関すること、福祉に関することなどが主で、大切なことではあるものの、その市や町の住人でない者にとって、細かく丁寧に読むというわけにもいかないのは、ま、仕方ないと思ってほしい。すべてに細かく目を通していたら、仕事に差し支えが出てしまう。

しかし中に、オッと思うものがある。今回ここでは三つご紹介しよう。ひとつは鎌倉市のかまくら春秋社発行の同名の小さな月刊誌。一九七〇年創刊。エッセイがすごく面白い(先般僕も書いたばかりなので、これ以上は言いにくい)。そして、これも執筆経験があるものだが、兵庫県丹波《たんば》篠山《ささやま》市の丹波古陶館・篠山能楽資料館友の会の『紫明』という芸術文化雑誌。九七年創刊で、年二回発行。最新号(一九年九月三〇日発行)では《柳宗悦にとって民芸運動とは何であったか》という清泉女子大名誉教授・中見真理氏の小論や舞踊研究家・村尚也氏の《恋が内包する死――梅若万三郎「恋重荷」》という能に関する文章に魅せられた。

もうひとつ、姫路市文化国際交流財団発行の『ＢＡＮＣＵＬ』という季刊誌。播州《ばんしゅう》のカルチャー（文化）という意味だ。一九九二年秋創刊。毎回の特集は「はりまの古寺巡礼」「はりまの廃線跡を歩く」「はりまと万葉集」「忠臣蔵と日本人」そしてもちろん「世界文化遺産・姫路城」「書写山円教寺のすべて」等々。池田輝政、宮本武蔵、黒田官兵衛など姫路ゆかりの人物の特集も。一七年秋号№一〇五は「千姫――姫路入り四百年」だった。僕はこの財団の芸術監督を務めており、再来年（二〇二一年）開館の新しいホールのこけら落としのために、今、オペラを作曲中だが、これは「千姫」。『ＢＡＮＣＵＬ』がおおいに参考かつ刺激になったことは言うを俟《ま》たない。これら優れたミニコミ誌は、もっとあるだろう。これらは文化の底を形成する力になるはず、と信じている。

（二〇一九年一一月一一日号）

旭くん光のプロジェクト

加藤旭くんのことは、第一〇一二回と一〇七一回に、お話ししている（第一二巻二〇二、三七九ページ）。一九九九年生まれ。四歳ころから、ごく自然に作曲を始めた。その子に一度会ってみてくれないか、と電話をしてきたのは、指揮者・大友直人氏である。僕は小学生の旭くんに会った。

作った曲の楽譜を、たくさん見せてもらった。すばらしいと思った。が、きちんと作曲理論を学ぶべきだ、とは進言しなかった。そんなことはずっとあとでいい。今はとにかく自由に、どんどん作曲して、と僕は言った。旭くんの、幼いけれどしっかりした眼差しと笑顔を、今もよく覚えている。そのあと、作曲した楽譜が送られてくるようになった。

旭くんは中学二年の時に脳腫瘍《しゅよう》が見つかり、五度の手術。高校一年で視力を失ったが、作曲をつづける。歌やピアノ曲、木管や弦のアンサンブル曲……。今のところ古典的手法によるものだが、いずれ現代の創作家として明確な主張・発言をする日が来るだろう。しかし、一六年五月二〇日、逝去。

いっぽう、幼いころ医師に「二〇歳までは無理」と宣言された僕も、作曲遊びが大好きで、歌やピアノ曲、吹奏楽や小オーケストラ曲などを勝手に書き連ね、専門的な学習は高校二年から。そのころ、僕の命はあと三、四年なんだ……と毎日考えていた。その僕は、二〇歳より半世紀以上も生き、仕事として作曲をつづけている。だが、旭くんは他界。僕は自分に旭くんを重ね、何か申し訳ない気持ちを抱いてしまう――不公平じゃないか……。

亡くなる一四か月前の旭くんのノートに、病床で書いた自筆のメモがある――make a wish／自分の作った曲をなにかに役立てたい（二〇一五・三・六）／曲をCDにし、小児脳腫瘍の治療方法の確立を訴えたい（二〇一五・三・二〇）。

逝去して一年。一七年五月、「旭くん光のプロジェクト」が任意団体として発足した。銀座ヤマハホールでのコンサート、軽井沢で開催された国際脳腫瘍シンポジウムでの「市民公開講座&歌の夕べ」、国際小児腫瘍学会でのコンサートなどを実施。一七年夏には厚生労働省の自殺対策ゲートキーパーソングとして旭くん作曲の「空の青いとり」が選ばれ、全国から歌詞を募集、僕が補作編曲をし、加藤登紀子さんが歌った。

このプロジェクトは「音楽」「教育」「医療」を三本の柱として掲げ、いくつもの事業を展開している——演奏会や講演会の企画・制作、CDや本の企画・制作、青少年の健全な育成と社会教育の推進、学術・文化・芸術の振興運動、小児医療の普及・啓発・支援活動、社会的弱者への支援活動（自殺、いじめ予防等）、国際交流の促進。僕も、このプロジェクトのサポーターの一人である。

旭くんのCDはいつも座右にある——「光のこうしん」「光のみずうみ」。つい先日（一〇月二一日）、横浜市港北公会堂で旭くんの曲のコンサートを聴いた。ピアニスト三谷温《おん》さんやN響メンバーの演奏。旭くんの音楽は、その夜も、僕の心に深くしみ込んできたのだった。

（二〇一九年一一月一八日号）

首里城炎上

この一〇月三一日未明、首里城が焼けた。本殿、北殿、南殿……主要な建造物七棟を焼失。

驚きで、声も出ない。がっくり、である。今年（二〇一九年）四月のパリ・ノートルダム大聖堂火災と同じく、すべての人類にとっての大損失だ。首里城へは何度も行っている。復元が完成する前の、城壁といくつかの門だけだったころから大好きで、とりわけ癒《いや》される思いを抱いたのが「龍潭池《りゅうたんち》」。「魚小堀《イユグムイ》」とも呼ばれる。一四二七年、琉球王国の第一次尚氏王統・第二代尚巴志王《しょうはしおう》の命でつくられた人口の池。一五世紀初頭……古いのだ。龍潭池と通じている円鑑池《えんかんち》もいい。弁財天堂と天女橋がある。どちらにも小さな魚が棲み、時に水鳥も姿を見せる。

ところで、今年は沖縄の「組踊《くみおどり》」三〇〇年である。琉球王朝時代の尚敬王が、当時の清《しん》からの冊封使《さくほうし》を接待するため、「踊奉行」の職にあった玉城朝薫《たまぐすくちょうくん》（一六八四〜一七三四年）に命じてつくらせ、上演したのが嚆矢《こうし》。朝薫は江戸まで行って能や歌舞伎を研究、さらに京劇なども参考にして創作した。士族とその子弟の男性が、美しい独特の衣装を纏《まと》い、「唱え」と称する台詞と歌、三線《さんしん》、箏《そう》、胡弓《こきゆう》、太鼓などにより踊るが、ジャンルとしては演劇である。つまり、物語だ。朝薫の創作による「朝薫五番」は伝えられて、現代も上演されているし、新たな創作もつづけられている。朝薫による最初の上演が一七一九年。今年はそれからちょうど三〇〇年の節目だ。沖縄本土復帰の一九七二年、重要無形文化財に、また二〇一〇年にユネスコの無形文化財に認定。この三月、僕は、東京の観世能楽堂での公演に接し、おおいに感じ入ったのである。一一月二四日には「池辺晋一郎・音楽の不思議」という柏崎市文化会館アルフォーレで僕が毎年企画しているシリーズの一環として、朝薫五番のひとつ「執心鐘入《しゅうしんかねいり》」ほかを上演した。きわめてユニークな、すばらしい芸能である。三〇〇年前の「組踊」上演も、首里城内だったろう。僕の脳裏で、その上演とこの城の光景が重なっていた。

那覇へ僕は、ほとんど毎年のように行くが、常宿（仕事により別な宿のことも）の某ホテルの近くに「崇元寺跡」がある。ここも僕の好きな場所。石の塀が残るだけのそこの草叢《くさむら》で、ゆっくり、過ぎし時を想う。

付記。僕の所属事務所＝東京コンサーツの副社長＝N・Sさんは、本人は沖縄出身ではないものの、琉球王朝の尚家の血を引く方だ。僕はよく「Sさんの実家は首里城？」とジョークを言うが、そうでなくても彼女にとってこのたびの火災は、我々以上に悲しく、身につまされるものだったろう。

首里城の火災は一四五三年、一六六〇年、一七六五年、そして先の戦争＝一九四五年につづき五度めである。今回の火災から数日後、電気設備のショートが原因と判明した。しかし、スプリンクラーが不足。さらに、正殿外の放水銃五基のうち一基が、数年前に国により撤去されていた。甘かった防火管理を徹底的に見直さなければいけない。

（二〇一九年一一月二五日号）

人口減少

人口減少対策総合研究所理事長・河合雅司氏著『未来の年表』（講談社現代新書）を読んで、思わず頭を抱えた。これから人口が減っていくことはしばしば報じ、論じられているから、多くのかたが知っているだろう。とはいえ、おおむね「おぼろげに」である。それがきわめて具体的に、はっきりわかった。

まず、二〇一五年の国勢調査による数字。日本の総人口は、約一億二七〇九万五〇〇〇人だった。その五年前の調査から、約九六万三〇〇〇人の減少である。初回の国勢調査は一九二〇年だったそうだが、それから一〇〇年経たずに、一九四五年をのぞき初めての減少だ。二〇一六年の年間出生数は九七万六九七九人だったが、これも一〇〇万人を割ったのは初めてだという。

課題は四つ、と河合氏は言う。一つは前記の「出生数減少」。次に「高齢者の激増」――昨年（二〇一八年）七五歳以上すなわち後期高齢者の人口が六五～七四歳の人口を上回った。三つめは「社会の支え手の不足」――つまり勤労世代（二〇～六四歳）の激減だ。そして四つめが、総合的な「人口減少」。

少し細かく見ていこう。来年（二〇二〇年）には、女性の過半数が五〇歳以上になる。出産可能な女性の数が大幅に減るわけだ。出産可能な年齢域を二五～三九歳とすれば、この年齢層の女性は二〇一五年には一〇八七万人いた。それがいずれ――たとえば二〇四〇年には八一四万人、二〇六五年には六一二万人になるという。すなわち、五〇年後には、現在の半分近くになる。さらに、二〇七六年の年間出生数は五〇万人を割り込む。二〇五五年には、日本人の四人に一人が七五歳以上に。二〇六五年には二・五人に一人が高齢者になる。

二〇一五年の総人口は前述した。このあとは予想の概数だが、二〇六五年には八八〇八万人。その一〇〇年後は五〇六〇万人。二〇〇年後は一三八〇万人。そして三〇〇〇年には二〇〇〇人。

二〇〇〇人ですよ。サントリーホールのキャパシティ（二〇〇六席）くらいだ。そうなったら、商店は営業できる？　病院は経営できる？　鉄道は？　そして、税金はどうなる？　外を歩けば、会う人はみな顔見知り。それどころか、Aさんは今体調がよくなくて、Bさんは明日から旅行、なんてことまで、みなが知っている。もちろん、全員たがいの名前を承知している。日本という国全体が、ほとんど一つの学校くらいの規模になってしまうわけだ。それどころか、その先――日本の人口が五〇〇人、一〇〇人、五〇人と減っていったら……？

どうなってしまうだろう……。将来への不安があれば、子孫を残したくないと考えるのは当然だ。子孫を残したくなる未来、希望を抱ける未来が示されなければいけない。いや、そもそも「未来はやって来る」ということが明確にならなければならない。未来は「ない」かもしれないのだから。そのために「夢のある未来」を為政者が語れなければならない。しかし、今日本で政治を担う人たちは、語っている？

むしろ、真逆なんじゃない？

（二〇一九年一二月二・九日号）

佐喜眞美術館にて

屋上の「六段と二三段の階段」のてっぺんに正方形の窓がある。毎年六月二三日、太陽はその窓を通って沈んでいく。六月二三日は、先の大戦の沖縄地上戦で、日本軍の組織的な戦闘が終了した日だ。沖縄ではこの日は「慰霊の日」。祈りで過ごす一日である。

つい先日、小雨が降る昼過ぎで沈む太陽とは無縁だったが、僕はこの屋上から普天間飛行場とそのはるか向こうの宜野湾市街を眺めた。十数年ぶり、二度めの佐喜眞美術館だ。今回は、館主の佐喜眞道夫さんとお会いすることができた。この個人美術館をつくるための苦労を『アートで平和をつくる〜沖縄・佐喜眞美術館の軌跡』（岩波ブックレット）で知ることもできた。

佐喜眞さんは軍医の子として、沖縄から疎開した熊本の農村で一九四六年に生まれた。

父親は戦後その地で開業したが、道夫さんが中学生の時、母親が亡くなる。その仏壇にあった広隆寺の弥勒菩薩像のレプリカをきっかけに、道夫さんは仏教の世界へと入っていく。大学は東京の立正大学。日蓮の「立正の精神」を建学の理念とする大学だ。しかし意外に教授たちはリベラルで、学生運動の時代だったことも背景にあってマルクスやレーニンの著書に親しみ、そこから日米安保にもとづく戦後の沖縄の問題にこだわることになっていく。

いっぽう、普天間にある沖縄の家は米軍基地に接収され、二二歳の一九六八年、道夫さんは軍用地主になる。突然思わぬ大金が入ってきたが、それは銀行口座に振り込まれたままで、生活費には使わなかった。自分は本当は何を望んでいるのか……。自分が試されていると思った。そして、絵が好きであることをあらためて想う——絵画コレクションを始めよう!

長崎の原爆を描いた上野誠の木版画、戦争の悲しみを描いたドイツの女性版画家ケーテ・コルヴィッツ、二〇世紀を代表する宗教画家ジョルジュ・ルオーなどテーマ性を強く持った収集。コルヴィッツについては、僕もこの欄で少し触れている(第八巻一二〇ページ）。ルオーも大好きな画家だ。

道夫さんは考えた――先祖が残した基地内の土地を返還させ、美術館を開こう！　単身、那覇の防衛施設局との交渉を開始。粘り強く、何度も。しかしまったく埒《らち》が明かなかった。そこで、地元の宜野湾市企画部を介して相手を米軍海兵隊の基地不動産管理事務所に変更。それから一年。防衛施設局のイヤがらせもあったが、一九九二年二月、一八〇一平方メートルの土地が返ってきたのである。九四年一一月二三日、ついに念願の美術館が、開館。展示室は、多くの惨劇を生んだ戦下のガマ（自然壕）の構造を模している。展示の中心は丸木位里・俊さんの「沖縄戦の図」連作だ。深い悲しみとともに、圧倒される。この絵については、別な機会に詳しく話そう。

「信濃デッサン館」「無言館」をつくった窪島誠一郎さんも、平和を願って美術館を開設した。佐喜眞道夫さんも窪島さんも訴えている――アートは平和のための力だ！　と。

（二〇一九年一二月一六日号）

教皇の言葉

ローマ・カトリックの頂点に座するフランシスコ教皇が来日し、広島と長崎を訪問。核兵器廃絶と世界の平和について力強い発言をおこなった。

その内容は細かな報道があったことだし、繰り返さないが、長崎の爆心地公園で「焼き場に立つ少年」の写真を傍に置いておこなったスピーチに感動した人は少なくないだろう。この写真は、アメリカの戦場カメラマン、ジョー・オダネルが撮影したもので、その写真集は僕の座右にあるし、僕が音楽を担当したベテラン女優たちによる朗読劇「夏の雲は忘れない」のステージでも使われている。この欄でも何度かお話しした。「ここは、人間が互いにどれほどの苦痛と恐怖を与えることができるかということを我々に深く気づかせる場所だ」と教皇は語った。核の「抑止力」という視座は相互破壊の恐怖であり、完全破滅の脅しだ、という言葉は重い。

教皇の発言を、核保有国の為政者たちはどのように受けとめただろう。核保有国はアメリカ、ロシア、イギリス、フランス、中国そしてインド、パキスタン、北朝鮮ということになっている。先日、地球温暖化に関するスウェーデンの少女グレタ・トゥーンベリさんの言葉に対してアメリカのトランプ大統領は、鼻先でせせら笑うような対応ですませてしまったが、教皇に対して同様のことはさすがにできないだろう。自身はプロテスタントだそうだが、それでも、である。ロシアのプーチン大統領の宗教が何なのか寡聞にして知らないが、おそらくはロシア正教だろう。しかしキリスト教の一派である。フランスのマクロン大統領は、一二歳の時にローマ・カトリックの洗礼を受けているという。現在は不可知論者だともいわれるが……（不可知論は無神論に近いともいえる）。

中国の宗教はよくわからない。仏教、道教、イスラム教徒が多いと聞くが、カトリックやプロテスタントも少なくないらしい。だが、習近平総書記は「宗教の中国化」を推し進めている。要するに宗教よりイデオロギーなのだ。インドはヒンドゥー教、パキスタンはイスラム教。北朝鮮は仏教や儒教が強いとされるが、信仰の自由は金正恩政権により抑圧されているともいわれている。

こう考えてくると、教皇の言葉を宗教の教えとして受け取る為政者はあまりいないことになる。とはいえ、教皇の発言を宗教上のそれと解釈する人はいないだろう。子どものころからプロテスタントの教えを受け、大学時代まで教会の日曜学校へ通った僕も、カトリックではないが、教皇の言葉には深く感じ入った。

核の抑止力などという考えかたを、これからはアナクロニズム（時代錯誤）化していかなければいけない。軍事力で世界を制圧できるという思想そのものを抹殺し、消去していかなければならない。世界はその方向へ向かい始めているという見方もある。そんな時代に、教皇の発言は静かに、しかし重く、世界中の人々の心にしみ込んでいくだろう。

（二〇一九年一二月二三日号）

池辺晋一郎（いけべ　しんいちろう）

作曲家。1943年水戸市生まれ。67年東京藝術大学卒業。71年同大学院修了。池内友次郎、矢代秋雄、三善晃などに師事。66年日本音楽コンクール第１位。同年音楽之友社室内楽曲作曲コンクール第１位。68年音楽之友社賞。以後、ザルツブルグテレビオペラ祭優秀賞、イタリア放送協会賞３度、国際エミー賞、芸術祭優秀賞４度、尾高賞３度、毎日映画コンクール音楽賞３度、日本アカデミー賞優秀音楽賞９度、横浜文化賞、姫路市芸術文化大賞などを受賞。97年 NHK 交響楽団・有馬賞、2002年放送文化賞、04年紫綬褒章、18年文化功労者、JXTG 音楽賞、19年水戸市文化栄誉賞、20年神奈川県文化賞。現在、東京オペラシティ、石川県立音楽堂、世田谷区音楽事業部、姫路市文化国際交流財団ほかの監督。東京音楽大学名誉教授。

作品：交響曲 No.1～10、ピアノ協奏曲 No.1～3、チェロ協奏曲、オペラ「死神」「耳なし芳一」「鹿鳴館」「高野聖」ほか、室内楽曲、合唱曲など多数。映画「影武者」「楢山節考」「うなぎ」、テレビ「八代将軍吉宗」「元禄繚乱」など。演劇音楽約500本。2009年３月まで13年間、テレビ「Ｎ響アワー」にレギュラー出演。

著書に『空を見てますか…』第１巻～12巻、『音のウチ・ソト』（以上、新日本出版社）のほか、『音の言い残したもの』『おもしろく学ぶ楽典』『ベートーヴェンの音符たち』『モーツァルトの音符たち』（音楽之友社）、『スプラッシュ』（カワイ出版）、『オーケストラの読み方』（学研プラス）など。

空《そら》を見《み》てますか…13　歴史《れきし》と思索《しさく》のハーモニー

2021年11月25日　初　版

著　者　池　辺　晋　一　郎
発行者　田　所　　稔

郵便番号　151-0051　東京都渋谷区千駄ヶ谷 4-25-6
発行所　株式会社　新日本出版社
電話　03（3423）8402（営業）
03（3423）9323（編集）
振替番号 00130-0-13681
印刷　亨有堂印刷所　　製本　小泉製本

落丁・乱丁がありましたらおとりかえいたします。

ISBN978-4-406-06635-8 C0095　Printed in Japan

空を見てますか…10　忘れない、ということ　本体価格二六〇〇円

空を見てますか…11　人の絆、音楽とともに　本体価格二六〇〇円

空を見てますか…12　音の向こうに時代が見える　本体価格二六〇〇円

未発表の講演、対談を含む、楽しく深いトークの数々

音のウチ・ソト　作曲家のおしゃべり

第1章　芝居と音楽、そして金子みすゞ——若村麻由美さんと

第2章　詩がある、洒落もある作曲生活——小池雅代さんと

第3章　音符と作曲家の間柄の話——合唱組曲「飯豊山」のことも

第4章　時代の空気と「表現する」ということ——池澤夏樹さんと

本体価格一七〇〇円